COLLECTION NATIONALE BELGE
HENRI CONSCIENCE
PAR
G. EEKHOUD.
A.N. LEBÈGUE & Cie EDITEURS
46 RUE DE LA MADELEINE 46
BRUXELLES

HENRI CONSCIENCE

OUVRAGES DU MÊME AUTEUR.

POÉSIES

Myrtes et Cyprès. Paris, Jouaust éditeur, ... fr. 3 50
Zigzags poétiques . . . . fr. 3 00
Les Pittoresques. . . . . fr. 5 00

EN PRÉPARATION :

Polders et Bruyères. (Rusticité flamande). Poésie. . .
Contes d'un Névropathe (prose). . . . .
Les poètes franco-belges du premier cinquantenaire.

Bruxelles. — Imprimerie de A.-N. Lebègue et Cie, 6, rue Terarken.

COLLECTION NATIONALE BELGE.

HENRI
CONSCIENCE

PAR

GEORGE EEKHOUD.

BRUXELLES
LIBRAIRIE CLASSIQUE DE A.-N. LEBÈGUE ET Cie
46, RUE DE LA MADELEINE, 46

I

C'était il y a trois ans, par un pluvieux dimanche d'été, dans un de ces estaminets si caractéristiques de la Grand'Place, qui reçoivent à l'intérieur comme un reflet du cachet flamand indélébile de leurs originales façades. On devait inaugurer, je crois, cette après-midi, un monument sur la tombe du compositeur Willem De Mol.

> Ik ken een lied,
> Een lied van zoete min,

chantait-il sur les paroles d'Antheunis. Il savait un air ravissant, et c'est dans ce chef-d'œuvre unique qu'il exhala son âme, le pauvre jeune artiste.

Il n'y a pas longtemps que l'art flamand le pleura, et cependant si nous nous rappelons ce mélancolique refrain, c'est en murmurant :

Dien tijd is lang voorbij.

Oui, ce temps est déjà loin.

A cette occasion les artistes flamingants de tout le pays s'étaient donné rendez-vous à Bruxelles, et ce dimanche pluvieux, donc, en attendant que le cortège se formât sur la Place, on conversait, buvant et fumant, dans la vaste salle. Le hasard m'avait mêlé à cette réunion. Je bénissais, cette occasion, lorsqu'un compositeur anversois de mes amis me dit en me tirant par le bras : « Venez, que je vous présente à Conscience ! »

Et il me conduisit vers un vieillard, un peu voûté, mais paraissant encore très alerte, de taille moyenne, large d'épaules, les traits mobiles, le frond très découvert, le visage encore plein, mais ridé et émacié au-dessus des sourcils et vers les méplats des tempes, par le travail de la pensée. Le teint était frais ; l'œil gris bleu, vif et profond, protestait contre les révélations de la patte d'oie qui l'estompait. De longs cheveux argentés, rejetés en arrière, et une barbe grise bien fournie achevaient de caractériser cette physionomie à la fois réfléchie et bienveillante.

Ce sexagénaire était vêtu sans prétention. Assis, les coudes appuyés sur le dossier d'une chaise voisine de la sienne, savourant de temps en temps la bière brune nationale avec un clapotement significatif des lèvres ; à première vue, son attitude et son apparence me rappelaient nos campagnards flamands lorsqu'ils méditent une affaire ou supputent les produits de la récolte. Un petit garçon d'une huitaine d'années, l'air espiègle et intelligent, se tenait debout près du vieillard qu'il cajolait. En m'approchant, je surprenais, mêlées au babil du petit, de douces paroles comme celle-ci : *grootvader*, et le grand-père répondait avec une douceur plus grande encore.

C'était Conscience avec son petit-fils.

La glace fut bientôt rompue et nous causâmes longuement littérature en nous arrêtant surtout au souvenir du pauvre Willem, un des jeunes que chérissait particulièrement l'illustre romancier. Aussi, la biographie du sympathique compositeur figure-t-elle au nombre des œuvres de Conscience.

En nous quittant nous nous étions dit au revoir.

Il y a quelques jours, m'étant rappelé l'entretien si cordial que j'avais eu avec le maître flamand, je me dis qu'il conviendrait à son jeune confrère de prendre les devants sur cette foule patriotique et intelligente qui se proposait de célébrer sa gloire par une manifestation éclatante de tout le pays artistique, et d'aller saluer discrètement chez lui le rénovateur de la littérature flamande.

J'avais appris qu'il se reposait à la campagne.

Or, moi aussi, j'éprouvais depuis des semaines le besoinde me baigner dans l'air libre. La capitale me suffoquait. Il me manquait cette harmonie du bleu et du vert qui n'est monotone que pour tes profanes, ô Nature! Je ne demandais que quelques heures de répit.

Je partis donc, pèlerin d'un autre genre, pour Hal, la caractéristique villette flamande qui conserve sur la frontière wallonne la langue, les mœurs et les traditions de la Flandre.

Il tombait, au départ, une de ces pluies chaudes d'orage aux larges gouttes s'abattant avec un bruit sourd sur les feuilles; une de ces ondées dont Gœthe a dit dans son Werther : *der herrliche Regen*.

Quand je descendis du train à Hal, le ciel restait couvert mais le paysage prenait sous l'horizon gris bleu de sépia cet aspect légèrement mélancolique et grave qui est une des principales coquetteries de notre campagne flamande.

Que je respire à pleins poumons! *Lucht, immer lucht* ! Je traverse trois ponts jetés sur le canal de Charleroi ou sur la Senne qui présentent des rives charmantes de ce côté, et je m'engage dans la rue tortueuse, aux pavés taillés en biseau, aux pignons du bon vieux temps si capricieux, si indépendants de forme, si attachants de couleur et qui, s'ils horropilent les Haussmann géométriques, font nos délices à nous les fidèles d'Albert Durer.

Au moment où je débouche sur la Grand'Place, le crieur public agite sa clochette et annonce une vente de pommes de terre; des paysans cités en justice de paix attendent sur le perron de la maison communale en briques rouges l'ouverture de l'audience, quelques ménagères de l'espèce communicative pour laquelle le *qu'on se le dise* est une recommandation superflue entrebâillent leur porte : Voilà un événement.

Je tourne la statue de Servais et m'enfonce dans une ruelle à gauche, non sans avoir la vision du Christ lamentable, qui jette dans le fond de la place son anatomie sanglante sur la blancheur crayeuse du fameux sanctuaire de Notre-Dame. Je fais quelques pas, puis la ruelle s'élargit et monte en pente douce vers la campagne. Bientôt je suis sorti de la ville. Aux confins de la région citadine, à l'endroit où les maisons, surveillées de moins près, se débandent comme un cortège d'écoliers pour se répandre, se disperser dans la plaine, est le cimetière avec sa grille en fer surmontée d'une croix. Quatre voies se rencontrent ici. Je laisse sur la droite la route de Lennick-St-Quentin, sur la gauche un sentier courant entre un champ de blé et le mur du cimetière, et je prends la chaussée de Ninove, bordée alternativement de peupliers, de chênes et de hêtres.

De chaque côté de la route, des plaines légèrement ondulées offrent des moissons superbes en pleine maturité. Cinq minutes environ et j'arrive à un estaminet aux murs crépits en rose, aux volets verts. Devant est un enclos où de superbes tilleuls rapprochent leurs branches vigoureuses. Des tables et des bancs primitifs, des planches clouées sur des pieux enfoncés en terre, sont rangés sous ces ombrages. Sur la façade de côté, dans l'alignement de la chaussée, je lis au-dessus d'un pigeonnier : *Au repos des chasseurs, Geerts, dresseur de chiens de chasse.*

C'est là... chez *Lamme Geerts*, comme les indigènes appellent le *baas* à la profession caractéristique. En ce moment le dresseur, campé sur une échelle, procède à l'introduction de sacs de grains par la lucarne de sa grange. J'entre dans l'estaminet, d'une propreté flamande, c'est tout dire. Un commensal de l'endroit, un élève de Lamme, beau braque fauve tenant de la race santône, ces chiens courants célèbres, aux larges babines, aux oreilles pendantes, vient se frotter à mes jambes et mendier mes caresses. Une paysanne âgée, physionomie grave sans dureté, la tête coiffée d'un madras jaune à dessins blancs, me sert le demi-litre de bière délectable.

Une autre paysanne, celle-ci jeune et belle fille brune, corps de bacchante aux chairs fermes, au teint rose avec des alternatives d'ambre, figure détachée d'une toile de Jordaens, s'approche, tandis que j'expose le but de ma visite à la vieille et m'apprend que Conscience, parti le matin pour Bruxelles, ne reviendra que le soir.

C'est un contre-temps. Mais qu'importe? Je reviendrai un autre jour. La promenade seule vaut le déplacement.

Le romancier des naïves intrigues des humbles, le peintre de l'idylle flamande, a bien choisi sa retraite. Rien de plus simple que son installation. Une chambrette meublée patriarcalement : le lit de fer sans rideaux, la table grossière, la paire de chaises indispensable, quelques clous au mur disposés en porte-manteau et auxquels sont accrochés des habits ; pas même de lavabo, car, me dit la jeune paysanne, le maître fait ses ablutions à grande eau sous la pompe, habitude qui lui est restée de la période militaire de sa vie.

Pas la moindre gravure. Les livres sont peut-être cachés? Rien de ce qu'on est convenu d'appeler un intérieur d'artiste. On devine que Conscience se contente ici des tableaux que la nature déroule sous ses yeux et des scènes vivantes qu'elle lui raconte. Indiscret comme un reporter yankee, j'ai saisi ces détails par la porte entrebâillée, tandis que la jeune fille déposait sur la table un mot de moi au maître.

Ma *cicerone*, dont Conscience devra tirer, s'il ne l'a déjà fait, une de ces sympathiques héroïnes de ses récits villageois, me conduit au dehors vers une sorte de pavillon agreste, à toiture de chaume, s'ouvrant sur la route du côté de la ville. C'est la place favorite de Conscience. C'est là qu'il passe de longues heures à contempler le paysage qui se déroule devant lui : la route descendante avec sa double rangée d'arbres séculaires et s'arrêtant là-bas jusqu'au cimetière et les premières maisons; puis la ville dont on devine plutôt qu'on ne distingue l'agglomération de bâtisses et qui se révèle par son côté le plus attachant, le plus artiste, l'étrange tour de Notre-Dame évoquant les légendes et les mystères qu'elle abrite; puis, au fond, des collines dont les premières pentes étalent cette verdure jaunâtre des prés flamands et que recouvrent au sommet, et jusqu'au point où elles se confondent avec la ligne de l'horizon, des bois d'un ton plus sombre, tranchant sur l'azur discret et pâlot d'un ciel que les vapeurs brumeuses du Nord ne libèrent jamais complètement.

A droite et à gauche sont les campagnes couvertes de blés mûrs. Par moment, le char d'un roulier cahote sur le pavé, le fouet claque, l'homme siffle ou fredonne un de ces airs populaires mélancoliques et traînants comme une mélopée; les chiens aboient, des mugissements partent de l'étable, une casquette noire de paysan ou un foulard aux vives couleurs d'une paysanne, un collet de blouse bleue ou de jaquette, émergent de la mer d'épis dorés que la brise secoue comme des vagues en même temps qu'elle penche les cimes des hauts peupliers et produit dans les branches cette intraduisible musique des feuilles qui accompagne et berce si délicieusement la rêverie.

D'ordinaire, le maître ne s'arrache à ses contemplations que pour s'occuper de son herbier. Plusieurs cahiers de papier brouillard s'étalent sur une des tables du pavillon. Ils renferment les plantes que fait sécher le naturaliste-romancier (je n'écrirai pas le romancier-naturaliste), et pour les protéger contre les caprices de Borée avant de quitter ses trésors, il a soin de les couvrir de quelques briques rouges en guise de presse-papier.

Rien de plus paisible, de plus franchement campagnard que cette retraite. Dans un coin de l'intérieur du pavillon, l'hirondelle niche sans crainte, elle se pose, s'envole, et vire avec de petits cris d'intelligence au-dessus de la tête du solitaire sans s'inquiéter s'il couve sous son crâne un drame agité comme *Jacob Van Artevelde*. Les hirondelles ont fait d'ailleurs de l'auberge de Lamme Geerts leur lieu d'élection ; dans le vestibule de la maison au-dessus de la porte est un second nid où loge un autre couple de ces gracieux porte-bonheur, et la vieille paysanne me conte que depuis dix printemps la famille ailée reste fidèle à son berceau.

Je suis resté longtemps dans cette retraite

rustique; et assis à l'endroit qu'affectionne le maître, je me remémorais la vie de cet homme remarquable telle que les contemporains, ses amis, m'en ont réditl es détails.

Quelques jours après, Conscience a daigné me rendre à Bruxelles la visite que je lui avais faite, et comme je manifestais l'intention de lui consacrer quelques pages biographiques, il m'a raconté lui-même alors sa longue et intéressante carrière. Voici ce que j'en ai recueilli :

II

Conscience est né à Anvers, le 3 décembre 1812, dans la rue de la Pompe, près de l'église Saint-André.

Pierre Conscience, son père, était Français de Besançon, et avait servi dans la marine de guerre impériale jusqu'au grade de chef timonier auquel il fut promu à bord de la canonnière la *Ville de Bordeaux*. Pendant la campagne, les Anglais le firent prisonnier à trois reprises différentes, et après avoir subi une longue et dure captivité sur leurs pontons, il dut enfin la liberté à un échange. Il alla s'établir à Anvers où il obtint un emploi de contre-maître ou de sous-inspecteur des chantiers impériaux. Quelque temps après, il épousa une Flamande : de cette union naquit Henri Conscience.

On aurait pu appliquer au futur auteur du *Conscrit* les vers servant d'introduction aux *Feuilles d'automne*. Comme l'illustre poète français, le concitoyen de son père, il représentait à sa naissance :

> Un enfant sans couleur, sans regard et sans voix,
> Si débile qu'il fut ainsi qu'une chimère
> Abandonné de tous, excepté de sa mère,
> Et que son cou ployé comme un frêle roseau
> Fit faire en même temps sa bière et son berceau.

Le médecin de la famille, un Français, M. Tartare, prédit au père que cet être frêle atteindrait péniblement sa septième année, mais que s'il dépassait cette limite critique, il vivrait. En effet, jusqu'à l'âge de sept ans, Conscience demeura grêle et faiblot, presque privé de l'usage de ses membres. Les béquilles même refusaient de soutenir ses jambes et on devait le transporter d'un lieu à l'autre, dans sa chaise haute où des coussins empilés étançonnaient son pauvre corps malingre.

Il passait les longues heures de la journée devant la fenêtre d'où son regard triste d'enfant captif suivait dans la rue les ébats des gamins de son âge.

Deux ans après la naissance d'Henri, Pierre Conscience eut un second fils et le destin voulut que celui-ci fût aussi vigoureux que l'aîné était chétif.

Cependant Mme Conscience, fidèle à la loi sublime qu'observent toutes les mères, avait fait son favori de celui des garçons exigeant le plus de soins. Femme pieuse et naïve, elle lui racontait des histoires merveilleuses dans lesquelles, mêlant les fées et les anges, elle montrait à l'enfant un paradis de Cocagne, où Dieu se promenant lui-même distribuait aux petits élus les gâteaux et les sucreries ; un Eldorado où, suivant les dires des mères anversoises, on mange de « la *rijspap* (riz au lait) avec des cuillers en argent. » Le petit malade, exalté par ces mirages séduisants, s'endormait en rêvant d'un monde meilleur, plus doux aux déshérités de la nature, et, souhaitant s'envoler un jour là-bas, regardait chaque matin si ses ailes de séraphin, ses belles ailes de gaze et de plume n'avaient pas poussé durant la nuit.

Entretemps la chute de Napoléon était arrivée, et le contre-maître, privé de son emploi, dut recourir à d'autres métiers. Tandis que sa femme tenait un magasin d'épiceries, lui-même achetait de vieux navires dont il vendait les débris. Plus tard, il adjoignit à ce gagne-pain le trafic des livres. Le jeune Henri fit bientôt ses délices des auteurs perdus ou incompris relégués au grenier, comme des chiens en fourrière, en attendant que l'épicier les exécutât pour envelopper de leurs feuilles volantes, membres écartelés, la cassonnade et les clous de girofle.

Au commencement il se contentait de regarder les *images* qui abondaient surtout dans un vieil in-folio imprimé à Amsterdam en 1582 et contenant les *Merveilleux voyages sur mer de Jean Nieuhof*. Mais, lorsqu'il sut lire, ce qui ne tarda pas, son esprit se développant autant que son corps restait délicat, ses séances au grenier furent plus longues encore. Il dévora avec avidité cette littérature rebutée. Ces lectures jointes au système d'éducation de sa mère ne contribuèrent pas peu à développer dans le cerveau du petit cette imagination, cette *fantasia* qui fait plus encore que leur forme littéraire l'attrait de ses œuvres.

Cependant, et peut-être bien malgré lui, il s'était trouvé que M. Tartare fût bon prophète dans le cas du jeune Henri. A partir de sa septième année, sans devenir très robuste, l'enfant reprit l'usage de ses membres et put bientôt entrer avec son frère dans une école primaire où ses progrès rapides le mirent à la tête de ses condisciples.

Mme Conscience mourut à cette époque.

Pierre Conscience partageait un peu en matière d'éducation les idées de l'auteur de l'*Emile*. Comme Rousseau il estimait qu'on doit autant que possible confier aux soins de la nature le développement corporel et intellectuel des enfants. Aussi Henri et son frère furent-ils livrés à eux-mêmes et purent se mêler en toute liberté aux jeux des gamins du voisinage. Le soir venu, on se rassemblait devant la maison de Conscience. Assis sur la marche en pierre bleue de la porte, ses camarades réunis autour de cette tribune, l'enfant prédestiné exerçait ses facultés créatrices en racontant à son auditoire émerveillé de longues histoires locales. Les aventures du *Lange Wapper*, le génie malin hantant les rues d'Anvers, faisaient surtout les frais de ces séances. Elles étaient allongées chaque fois d'exploits inédits, inventés par le narrateur.

L'art dramatique exerçait aussi sa fascination sur l'esprit de Conscience.

Les *Sinjors* de la vieille roche ou les Anversois artistes, épris de pittoresque, qui voient disparaître à regret, sous la pioche civilisatrice, les monuments anciens, les coins de rue bizarres, les mœurs populaires et les traditions qui s'y rattachent, vous parleront avec force détails intéressants de ces *poesjenelle kelders* ou théâtres de marionnettes souterrains, où les titis des quartiers Saint-André et des labyrinthes espagnols du port se procurent, moyennant deux *cents*, les serrements douloureux du drame ou les dilatations hilarantes du vaudeville. Une de ces caves existe encore, je crois, aux abords du Marché aux Poissons, au bas d'une de ces ruelles montantes ménagées entre deux rangées de masures à pignons et les façades couleur lie de vin encadrées de balustres bleus de cette superbe Halle de bouchers, un des types les plus purs et les mieux conservés de la Renaissance flamande architecturale.

Il y a quelques années, en rôdant à quatre ou cinq fantaisistes dans ce quartier, le plus curieux de la ville, nous fûmes attirés par des grognements et des huées d'enthousiasme partant comme de dessous terre. Nous avisons une sorte de soupirail béant qui s'ouvrait sur la rue presqu'à ras du sol, nous nous plongeons par cette ouverture; nous descendons une dizaine de marches. Les ténèbres règnent autour de nous. Au fond brille comme une vague lueur de lampe sépulcrale. Dans quelles catacombes sommes-nous?

Les cris, les trépignements nous guident mieux encore que cette lueur mystérieuse. Soudain, nous nous trouvons dans une chambre souterraine, maçonnée en demi-lune comme un tunnel. Des bancs étroits, disposés en gradins jusqu'au fond du local, portent tout ce qu'ils peuvent caser de gamins en casquettes à trois ponts et en blouse courte, de bateliers en camisoles de laine, de poissonnières et marchandes de moules, nu-tête et le mouchoir de laine à carreaux tombant sur leur dos massif où il dessine comme un as de pique. Quelques lampes, suspendues à la voûte suintant l'humidité, projettent leur lumière, plutôt par taches que par rayons, sur l'assemblée. Une odeur rance de victuailles des rues : œufs durs, saucissons, harengs, plane au-dessus des têtes dans la buée grise des haleines et affadit les âcres fumées lancées par les brûle-gueule.

Devant s'exhausse une manière de scène, dont la rampe est composée d'une rangée de chandelles de suif. Sur cette scène, entre des décors primitifs, se promènent, gesticulent, se querellent, se soufflètent, tombent, se relèvent de grotesques fantoches en bois au peinturlurage déteint, affublés de défroques pitoyables. Pendus au bout de leur fil de laiton très visible, leur mimique saccadée donne l'illusion des gigotements de pendu. Ce sont empereurs, évêques, bourgeois, seigneurs, héros, victimes ou traîtres. Le texte du drame offre un singulier mélange de tirades prétentieuses de mauvaises tragédies et d'appellations en langue verte; les jurons poissards se mêlent, dans la bouche de ces héros, aux épithètes cérémonieuses et aux formules ronflantes. L'anachronisme est aussi audacieux dans le costume que dans le dialogue. Mais les spectateurs n'y regardent pas de si près. L'intrigue, d'une complication géniale, a ceci de bon qu'on l'allonge ou qu'on en précipite le dénouement suivant les dispositions du public et surtout l'importance de la recette. Et cependant quel succès remportent auteurs et acteurs ! Quelle communion entre la scène et la salle ! Que de larmes, que de passion, que de pitié ou de colère ! Par moments les cris couvrent la voix des acteurs. Rossi, interprétant Shakespeare, ne recueille pas un triomphe si complet. Le plus intéressant pour l'observateur, c'est de se ménager l'entrée des coulisses, en ajoutant, comme nous le fîmes, quelques centimes au prix du vulgaire.

Là, entre les planches du décor, se tiennent les âmes, les moteurs de ces poupées. Ce sont, pour la plupart, de bons diables d'ouvriers, débardeurs du port ou anciens marins ayant des connaissances historiques et littéraires très vagues, mais disposant en revanche d'une imagination hoffmannesque et d'un *bagou* méridional. Composition, mise en scène, la parole et la pantomime, tout leur incombe. Bien plus, ils sont chargés souvent de représenter plusieurs personnages différents. Aussi suent-ils à grosses gouttes et leurs voix s'enrouent à force de passer successivement du fausset des enfants de l'empereur Chilpéric, au soprano de Geneviève de Brabant, au rogomme du traître, au baryton du vengeur, à la pratique du bouffon, au gémissement du fantôme, ils sont condamnés à prendre toutes les notes de la gamme des âges.

Mais cent fois plus curieux que l'outillage et les trucs naïfs de ce théâtre, est le public vu de la scène. Quelques eaux-fortes des *Capricios* de Goya rendraient seules ce fouillis de têtes caractéristiques et brutales, grossièrement ou fièrement moulées dans ces ténèbres sans pénombre où les rougeoiments de lampes fumeuses font s'enlever au travers le brouillard dense avec une vivacité prodigieuse quelques-uns de ces visages ronds, les yeux écarquillés, la bouche béante, les traits tendus, immobilisés dans une grimace religieusement attentive.

Le répertoire de ce théâtre étrange n'est composé que d'improvisations ou de vieux mélodrames appris par cœur, transmis par la tradition de l'*impresario* en vareuse à son successeur en bourgeron et auxquels la fantaisie des interprètes de la coulisse ajoute les hors-d'œuvre les plus hétérogènes. Le gros sel local dont est saupoudrée la pièce se renouvelle d'année en année. La trame du drame historique se prête à l'intercalation des lazzis du jour. Charles-Quint glissera dans son monologue une réflexion sur la politique urbaine de l'hôtel de ville, ou chantera sa sérénade sur le refrain en vogue dans les musicos du port. La plus grande latitude est réservée à ceux qui font jouer les marionnettes. Ils précipitent le dénouement ou même tranchent brusquement l'intrigue par un épouvantable coq-à-l'âne ressemblant au coup d'épée d'Alexandre dans le nœud gordien, et le public riant aux éclats, tant cette audace est titanesque, se retire désarmé, sans protester.

Ainsi le soir de notre visite, le drame touchait à sa fin, mais avait été prolongé en notre honneur. Au moment où nous partions, comme s'ils n'avaient attendu que ce signal, régisseur, souffleur, machiniste se levèrent, et sur la scène le grand-duc d'Autriche, qui avait écouté jusque-là religieusement les solennelles observations de son père l'empereur de Tartarie, interrompit brusquement ce puissant potentat par cette phrase impudente modulée sur un ton canaille :

— Dis donc, ma vieille, si nous allions prendre la goutte?

Et loin de foudroyer l'irrévérencieux, le monarque accepta cette proposition. Sur quoi les chandelles furent soufflées, et le rideau graisseux tomba, tandis que la cave saturée d'exhalaisons suffocantes vomissait enfin au dehors ses pittoresques habitués, se bousculant et poussant tous les cris entendus par Noé dans son arche.

A l'époque de l'enfance de Conscience, il est probable que ces *poesjenellenkelders* comptaient aussi parmi leurs fidèles les enfants de la bourgeoisie. Ce qui est certain, c'est que le futur auteur du *Lion de Flandre* fréquenta assidûment ces spectacles pendant deux ans. Il a fixé à jamais leur souvenir dans des pages très vivantes de ses mémoires.

Si les camarades de Conscience subissaient généralement le prestige qu'une intelligence d'élite exerce sur des cerveaux plus vulgairement trempés, ils lui faisaient sentir en revanche l'écrasante supériorité de leur organisme physique. Dans les rixes il recevait les coups et avait le tort de ne pas les rendre malgré les conseils de son père qui, en rude loup de mer, ne comprenait pas cette résignation évangélique : il restait battu et content. Cependant ce n'était pas chez l'enfant couardise ou lâcheté, mais un sentiment de respect pour l'*homme*, l'homme robuste, la force des muscles. Le poltron qui, l'œil poché et le nez en sang, n'aurait jamais demandé une revanche à son vainqueur, ne craignait pas de braver à la nage les courants et les tourbillons les plus dangereux de l'Escaut ; se risquait sur la glace quand aucun patineur n'eût osé le suivre ; grimpait à la cime des arbres où il s'accrochait avec des témérités d'écureuil à des branches trop faibles pour le porter.

Conscience a défini lui-même cette bizarrerie dans le passage suivant de ses mémoires encore inédits : « Bien que, plus tard, je me sois affranchi en partie de cette crainte de l'*homme*, je la sens encore souvent agir en moi instinctivement, et il me faut un certain effort pour la dompter. Telle est la loi de la nature; ce que nous avons été dans notre enfance, nous le sommes toujours; le *moi*, si l'on entend par ces mots le caractère individuel, n'est que le résultat collectif des impressions reçues dans nos premières années, et quoique l'éducation vienne modifier l'homme extérieur, l'enfant n'en continue pas moins à vivre en lui. »

Conscience avait dix ans lorsque son père résolut d'aller habiter la campagne et se construisit à cet effet, à un quart de lieue de l'ancienne enceinte fortifiée d'Anvers et à un endroit alors fort retiré, connu sous le nom de *Coin vert*, une sorte d'ermitage tenant à la fois du bateau et de la maison, pénates amphibies composées d'épaves et de vieux bois de navire, enfin, quelque chose comme cette maison de Mister Peggoty décrite par Dickens dans son *David Copperfield*.

Le Coin vert n'existe plus aujourd'hui; les épaves momentanément rajustées ont subi une dispersion définitive ; c'en est fait de la pleine campagne qui entourait l'ermitage. Les champs cultivés, les drèves sombres aux épaisses frondaisons ont cédé la place à la ville envahissante ; de compactes pâtés de maisons à quatre étages croisés par des rues passantes et bruyantes enlèvent jusqu'au moindre vestige des pâturages luxuriants, des futaies sylvestres d'antan ; et le sifflet des tramways ou des locomotives, le roulement des roues sur les pavés, et par instants les rugissements des lions du Jardin Zoologique, proche de là, remplacent le silence, la paix de l'asile qui abrita quelques-unes des plus belles années du romancier.

C'est là, en effet, que s'éveille en lui cet ardent et filial amour de la nature dont tous ses livres sont empreints si vivement. Abandonné plus que jamais à lui-même dans cette solitude, l'enfant subit fortement l'impression des austères beautés de la campagne. Ce charme mélancolique des paysages flamands agit d'une façon inéluctable sur son âme, naturellement portée à la rêverie. Il passe ses journées dans une extase naïve. Chaque matin, ce sont des surprises nouvelles :

l'air vif chargé de senteurs balsamiques, la fraîche rosée, le réveil des oiseaux, les bourgeons précurseurs, l'épanouissement des feuilles, l'éclosion des fleurs, le susurrement des insectes ou les harmonies plus vagues encore des vents faisant frémir les branches comme autant de cordes de harpe. Toutes ces impressions feront de Conscience le doux poëte, le rêveur paisible et le croyant honnête si attachant, si sympathique s'il ne convainc pas toujours, — et ces effluves de sensibilité rustique aspirés avec avidité par une âme impressionnable et vierge, ouverte à toutes les influences généreuses qui lui viendront du dehors, s'en exhaleront au moment donné en de touchantes idylles ; de ces ferments de *morbidezza* campinoise, de force sereine et douce flottant dans l'air qu'il respirait à pleins poumons, Conscience composera plus tard le *Conscrit*, *Moeder Job*. *Baes Gansendonck*, le *Fléau du Village*, et tant d'autres récits délicats.

III

Trois ans s'écoulent dans ce nonchaloir apparent qui sera si productif pour l'avenir.

Un jour, Pierre Conscience, qui n'a pas entendu dans la campagne les mystérieux et invisibles génies commensaux de son fils, se dégoûte de la solitude et se remarie. L'ermitage du *Coin vert* est vendu. La famille Conscience se fixe à Borgerhout. Les enfants de ce second lit arrivent en grand nombre, si bien qu'à un moment donné, le travail de l'ex-marin et l'économie de sa nouvelle compagne ne suffisent plus à nourrir toutes ces bouches vermeilles et goulues. C'est le moment pour les aînés de se choisir un métier. Il est décidé qu'Henri, le délicat, le savant, le grand liseur, deviendra instituteur, tandis que son frère, plus solide de corps, fera l'apprentissage de menuisier.

A Borgerhout existait alors une institution dirigée par un habile pédagogue du nom de Verkammen. Henri, après y avoir complété les notions requises, fut bientôt investi des fonctions de sous-maître pour les classes inférieures. L'intelligent directeur devina la valeur de son jeune aide et lui donna des leçons d'anglais, que Conscience étendit plus tard. Il se rendit de l'institution Verkammen dans un autre établissement dirigé par M. Shaw, où il se perfectionna dans la langue française; puis il entra comme sous-maître dans le collège de M. Delin, célèbre à Anvers et fréquenté seulement par les fils des familles patriciennes.

Henri avait alors seize ans. C'est là que vinrent le surprendre pour le mêler à leur déroulement dramatique, à leurs péripéties agitées, les événements mémorables de 1830.

Conscience a raconté dans un livre très intéressant, faisant partie de ses mémoires et publié sous ce titre de : *Omwenteling van 1830*, la part épisodique qu'il a prise à ces bouleversements (1). Il avait déserté, dès le premier bruit des fusillades, sa chaire professorale à l'institution Delin.

L'anomalie entre son caractère timide et doux, ses instincts paisibles, auxquels j'ai déjà fait allusion, et le métier belliqueux de soldat que le jeune instituteur adopte dans une heure d'enthousiasme patriotique, est relevée à chaque page de ce récit avec beaucoup de franchise et de bonne humeur. Le 30 novembre 1830, étant à Turnhout, Henri Conscience est nommé fourrier dans la troisième compagnie du troisième bataillon des chasseurs Niellon. Il tombe malade, et muni d'un billet de logement il se traîne péniblement jusqu'au village de Baelen, tandis que la troupe dont il faisait partie continuait ses marches et ses contremarches.

C'était la nuit, l'hiver. Les portes du village restent fermées au *Belge*.

Cependant, guidé par une lueur lointaine, il arrive devant une hutte de pauvres gens qui,

(1) *Souvenirs de Jeunesse*. Calman Lévy. Paris.

touchés par la jeunesse et l'air souffrant du volontaire, l'hébergent et le soignent.

La chaumière était occupée par un paysan, sa femme et leur fille : celle-ci avait environ dix-sept ans; elle plaignait à haute voix le pauvre Belge, et, raconte le héros de cette aventure, « me contemplait avec une si affectueuse pitié que son doux regard suffit à verser la consolation dans mon cœur et m'arracha à mon abattement. »

Conscience demeura environ dix jours chez ces braves gens. Guéri d'une fièvre qui l'avait pris le lendemain de son arrivée à Baelen, il passe sa convalescence le plus souvent assis sous le manteau de la cheminée. Bethken, sa garde-malade, file à ses côtés, et subissant le charme de ces joues fraîches, de ces grands yeux bleus, le naïf troupier souhaitait intérieurement « que Dieu lui eût permis d'être son frère. »

Le soir le *petit fourrier*, comme l'appelaient ses camarades du régiment, se rappelle ses anciens talents de conteur ; et de même qu'assis sur la pierre bleue de la maison paternelle, il tenait son auditoire de gamins suspendu à sa parole, il excite maintenant la curiosité et l'intérêt des humbles paysans de la Campine.

Cela faisait plaisir à Bethken! « Quand la jeune fille me regardait avec ses grands yeux, dit Conscience, son âme semblait être tout entière dans son regard ; sous l'influence de ce regard céleste, je sentais se doubler la puissance de mon âme : je devenais poète par l'éveil d'un sentiment qui, jusque-là, m'avait été inconnu! »

Bethken était bien heureuse avec *notre Belge*, comme elle le nommait, suivant en cela l'usage des campagnards flamands qui affirment par ce possessif leurs liens de famille ou d'affection, lorsque cette fraîche idylle fut interrompue par la visite d'un caporal qui vint avertir son fourrier du départ définitif du régiment. Il s'agissait pour l'ami de Bethken de rejoindre sa compagnie à Gheel ou à Moll.

Ce soir-là on ne raconta pas d'histoires. Bethken se lamentait. Puis vint le triste moment du départ. L'aimante créature glissa deux tartines et deux œufs durs dans le havresac de *son Belge*. On se sépara et, tandis que le régiment défilait, en se retournant le *petit fourrier* aperçut la pauvre Bethken appuyée contre une maison et le visage couvert de son tablier. « Ce jour-là, raconte Conscience, je savourai avec un battement de cœur les œufs qu'elle m'avait donnés, de même que l'une des deux tartines ; mais je laissai l'autre dans mon bissac comme un souvenir... je l'y conservai pendant bien des mois et jusqu'à ce qu'elle se fût réduite en miettes. » L'image de la douce Campinoise subsista plus longtemps encore, mais elle s'affaiblit avec le temps dans son esprit comme s'était émiettée la frugale tartine. Seize ans après, Conscience revit le village de Baelen. La hutte où le Belge malade avait reçu un si affectueux accueil n'existait plus. Plus rien des parents de la jeune paysanne, plus rien d'elle-même. C'est tout au plus si les paysans se souvenaient vaguement que la chaumière d'un pauvre ouvrier se fût élevée jadis à cet endroit. Ainsi finit ce premier amour.

Les pérégrinations de Conscience dans la Campine durèrent jusqu'au mois de juillet 1831. Elles exercèrent une influence décisive sur l'esprit et le talent du romancier. Ce fut ce séjour dans la Bruyère pendant son temps de volontariat, et non les excursions postérieures qu'il fit dans ces poétiques campagnes, qui lui donna le sentiment des beautés de cette nature particulière.

Le jeune soldat cueillait dans ces solitudes les impressions que devait traduire plus tard la plume du poète. La Campine compléta l'œuvre du *Coin vert*. Conscience apprit à connaître les habitudes des paysans flamands, il s'initia à leurs mœurs, découvrit les beautés de leur caractère sous ces aspérités et ces dehors rudes, taciturnes, épais, qui ne rebutent que l'observateur superficiel. Il les a étudiés sur place ; s'asseyant avec eux à la table rustique, se signant comme ses hôtes pieux et croyants, avant de piquer, lorsque venait son tour, la fourchette grossière dans le plat de terre brune chargé de pommes de terre fumantes. Il les suivait aux champs où il aidait les jeunes gens à leurs travaux ; à l'église où il s'agenouillait à côté d'eux et prenait sa place à la veillée, autour de la marmite aux vaches, où il racontait de ces histoires qu'aimait tant Bethken, son amie de Baelen. Et lorsque le service l'appelait dans un autre cantonnement, les enfants pleuraient à chaudes larmes.

La seconde période de la vie militaire de Conscience fut moins facile : le *petit fourrier*, choyé par ses camarades, protégé par les officiers, particulièrement par le capitaine de sa compagnie, adoré par la population des villages où le conduisaient les hasards de la guerre, devait bientôt connaître les revers de son volontariat. Après la bataille de Louvain, le régiment Niellon avait été réorganisé. Il était question d'élever Conscience au grade de sergent-major. Mais ici, encore une fois, son infériorité physique nuit à son avancement. Le postulant n'avait que dix-neuf ans ; il était toujours maigre, délicat, et avait de plus, comme il l'avoue lui-même, « un je ne sais quoi » d'enfantin dans la physionomie, qui le faisait paraître beaucoup plus jeune encore.

Malgré ses autres mérites, ses capacités réelles, contre l'attente générale le pauvre garçon ne fut pas promu ; il ressemblait trop à un enfant ! Comme pour achever de lui rendre la vie militaire odieuse, on le nomma dans une autre compagnie où il ne connaissait personne. Le capitaine, brave homme au fond, appartenait à l'espèce des braques, c'est dire qu'il était plus brutal que méchant. Conscience avec sa nature de sensitive eut beaucoup à souffrir du caractère de son chef nouveau pour qui ce volontaire timide comme une fille était une énigme. L'officier ne lui ménagea pas les humiliations et les épreuves jusqu'au jour où Conscience, poussé à bout par les persécutions de ses camarades, heureux de flatter les antipathies de leur chef en daubant un des leurs, montra enfin qu'il n'était pas l'être mou et pusillanime qu'accusait sa faiblesse.

Parmi ceux qui le persécutaient avec le plus d'acharnement se trouvait un sergent, taillé en colosse et doué d'une force extraordinaire. Un jour, à propos d'un détail du service, une querelle s'engage entre Conscience et ce matamore. Henri reçoit un soufflet. Le capitaine n'intervient que pour l'envoyer à la salle de police. Quelle n'est pas la terreur du pauvre garçon lorsqu'en entrant dans sa prison il se trouve en tête-à-tête avec son persécuteur! On le lui a donné pour compagnon de captivité.

Celui-ci l'attaque, le roue de coups, le secoue comme il aurait fait d'un paquet et lorsqu'il a accordé quelques heures de répit à sa victime, le soir, il recommence cette exécution. « Cependant, raconte l'auteur du *Conscrit*, ayant reçu un coup plus violent que les autres, un cri m'échappa. La conviction que ma dernière heure était venue me jeta dans un désespoir voisin de la folie, et produisit dans mon âme une révolution complète. Transporté d'une rage aveugle, je me mis à me défendre avec une force surprenante; je frappais des deux poings, j'égratignais, je mordais, je déchirais, comme un faible animal dont les forces sont doublées par la crainte de la mort. »

Si bien que le sergent, sanglant, peut-être privé de ses forces, tant il devait être stupéfait de ce réveil du lion sous cette peau d'agneau, est obligé de demander un répit. Le lendemain il réglera ce compte. C'est dans un cartel que sera jouée la belle. Conscience déclare que tout lui est égal, mais invite son adversaire à ne plus le toucher, même du bout des doigts.

« Une fois dans ma vie, j'avais tenu tête à un homme sans ployer, écrit le héros de cette curieuse aventure. Il était fort comme un géant et je l'avais vaincu. Le courage était donc une puissance qui pouvait suppléer à la force physique. Ces réflexions gonflaient ma poitrine d'orgueil et de joie. Désormais, non, désormais je ne me laisserais plus insulter. »

Le duel n'eut pas lieu, quoique Conscience eût persévéré jusqu'au bout dans son attitude belliqueuse. Sur le terrain même, alors que son ennemi lui proposait de ne pas pousser plus loin les choses, il refusait de vider autrement la querelle qu'à coups de pistolet. Finalement, l'agresseur fit des excuses et avoua qu'il s'était trompé sur le compte de son fourrier, ce qui donna satisfaction à celui-ci.

Conscience a toujours soupçonné le capitaine d'avoir imaginé cette querelle. En effet, depuis lors, l'officier traita son subalterne avec plus d'égards ; il lui témoignait même de l'estime et de l'amitié.

En 1834, Conscience étant retourné en congé chez ses parents, fit la connaissance de M. Jean Delaet qui s'occupait de littérature. Mais il n'était pas encore question de flamand à cette époque!

La jeune école belge s'essayait dans des imitations plus ou moins heureuses des productions du grand mouvement romantique français. Toutes les branches de l'art subissaient d'ailleurs l'influence du romantisme. Une fougueuse pléiade de peintres, plus personnels, plus primesautiers que cette première génération de poètes, couchaient sur la toile les scènes épiques, chevaleresques, empruntées aux chroniques du moyen âge.

A Anvers, paraissait alors l'*Artiste*. Un numéro de ce journal tomba entre les mains du fourrier en vacances et la lecture d'un sonnet lui donna l'idée de faire des vers français. Son premier essai fut un monstre au point de vue prosodique. M. J. Delaet ne cacha pas les défauts de ce faux départ au débutant, mais il constata aussi que ces vers difformes, mal sur leurs pieds, portaient cependant la marque du *don*, le don, ce quelque chose d'indéfinissable, de subtil, sans lequel il y a des rimeurs et non des poètes, le don qui marque la distance d'un Corneille à un Boileau.

A Venloo où réside son régiment, Conscience se jette à corps perdu dans la littérature.

C'est toujours en langue française qu'il écrit. Il compose un petit opéra qui est représenté à Termonde, devant un public militaire, et auquel les graines d'épinards et les vieilles moustaches veulent bien accorder quelque mérite. Mais ce ne sont encore là que des tâtonnements.

IV

Le jour arrive enfin, le 21 mai 1836, où Conscience est rendu à la vie civile. Son volontariat expiré, il rentre à Anvers dans sa famille et fréquente assidûment les jeunes peintres et les écrivains dont il a fait la connaissance. Il se lie aussi avec Théodore Van Ryswyck, le poète populaire anversois, une des originalités les plus franches de la littérature néerlandaise. Celui-ci l'engage à se présenter à l'*Olijftak*.

L'*Olijftak* ou la *Branche d'olivier* était une société artistique constituée sur le modèle des anciennes chambres de rhétorique, mais composée des novateurs les plus enthousiastes du mouvement moderne. Elle représentait en ce moment l'école flamande par ses tendances les plus vivaces, les plus généreuses. C'était, comme le cénacle d'Hugo, une réunion de vaillants apôtres des libertés artistiques ; tous avaient la bosse de la combativité, et si tous ne possédaient pas à flamme égale le feu sacré, chacun était disposé à courir sus aux pontifes de l'art romain et à s'affranchir des anciennes formules.

Conscience ne demandait pas mieux que d'entrer dans cette société de sympathiques exaltés. Mais avant d'être admis, le candidat peintre soumettait un tableau, l'écrivain un morceau en prose ou en vers, au jugement de ce jeune aréopage, et du mérite de ce travail dépendait l'admission de l'auteur. Le bagage de Conscience était mince à cette époque. Le candidat ne s'en cachait pas.

La langue flamande, l'idiome maternel que reniaient avec affectation les flamands des classes moyennes, rendue aussi répugnante par les écrits ampoulés et filandreux des écrivains modernes que par les trivialités et les grossièretés des anciens humoristes, abandonnée au peuplesans culture comme un vil patois ; — la langue flamande trouvait en cette généreuse époque de 1830, parmi ces paladins chevelus, ces don Quichottes de vingt ans, toujours prêts à rompre une lance en faveur des déshérités et des opprimés, des sympathies encore vagues, mais qui n'attendaient qu'un drapeau pour s'affirmer et s'affranchir.

Un événement devait satisfaire ces aspirations. Le flamand faux ou avili allait subir une rénovation radicale.

Ici je laisse la parole à Conscience :

« Je me trouvais un jour, m'a-t-il raconté dernièrement, assis seul dans le jardin de mon père. Je lisais l'ouvrage de Guichardin *De Beschrijving der Nederlanden*. Ayant toujours en tête mon admission dans l'*Olijftak*, j'espérais trouver dans cet ouvrage historique un sujet de composition. Il arrive qu'en lisant je tombe sur le récit des exploits des iconoclastes dans la cathédrale d'Anvers. Séduit par cette narration et croyant tenir mon *eurêka*, je ferme le livre et trace en français un tableau de cet épisode caractéristique. Puis je me mets en devoir de traduire ce morceau phrase par phrase.

« Mais le résultat ne répond pas à ce labeur

ingrat. Une muse malicieuse s'obstine à étrangler mes expressions. Pas moyen de faire concorder la pensée et la forme. Ma phrase est dure, cahoteuse, tourmentée. Vous devez aussi connaître ce supplice qu'ont subi tous les auteurs : on n'écrit rien qui vaille, les mots propres ne viennent pas, l'harmonie reste sourde à l'appel. Eh bien ! ma traduction était pitoyable ! Les génies des deux langues refusaient de se comprendre ; le flamand n'acceptait pas le rôle d'interprète. Je ne saurais vous dire combien cette élucubration était insipide et morte.

« Si bien que dégoûté, oubliant cette ébauche bâtarde, j'écris machinalement, la main poussée peut-être par la même Muse malicieuse, peut-être par celle du vieux génie flamand — ce simple lambeau de phrase : « *Het was in den jaare.* » Et voilà que ma plume continue sa course ; que ma phrase s'accélère, qu'à celle-ci en succède une seconde ; que d'autres suivent et cela jusqu'à ce que quinze à seize feuillets soient ainsi couverts.

« Chose curieuse, cette cadence, ce rythme vainement poursuivis jusque-là dans mes tentatives de littérature française et qui étaient plus absents que jamais de ma traduction minutieuse et servile, ont enfin animé ce nouvel essai. Je me rendis compte de la valeur de ces lignes en les écrivant et lorsque je me relus cette impression ne fit que se confirmer. Mais je ne tenais là qu'une introduction ; ces quinze feuillets étaient seulement le prélude d'une œuvre.

« Eh bien ! je continuerai cette œuvre ; je verrai où me conduira ce prélude. En attendant, enthousiasmé, transporté, je cours chez mon ami Delaet, car j'ai hâte de connaître son avis. Peut-être me suis-je fait illusion? Mais lui est également frappé du caractère personnel, du cachet particulier, de la forme extraordinaire de ce commencement.

« En effet, c'était là du flamand qui ne ressemblait à rien de ce qui avait paru jusqu'alors en cette langue. Ces phrases avaient de l'essor, du nerf, de l'harmonie. Cela pouvait être incorrect au point de vue des puristes néerlandais ; mais c'était vivant et cela empoignait. »

La lecture de ce chapitre, faite le même soir par le jeune novateur dans l'estaminet du *Zwart*

Paard, Fossé-aux-Crapauds, où se réunissait la jeunesse artistique, les Leys, les Wappers, les Venneman, les de Block, les De Brackeleer, provoqua un enthousiasme indescriptible. Depuis ce moment, c'en est fait des poèmes didactiques d'outre-Moerdyck. Voilà le signal entendu, voilà l'idiome, le Verbe demandé par la génération flamande de 1830.

Quelques jours après Conscience leur lit un nouveau fragment et dans cette seconde séance le succès de sa tentative est consacré. De chapitre en chapitre enlevés haut la main, écrits dans les accès d'une fièvre de patriotisme, l'inspiration continuellement avivée par des admirations juvéniles, la petite composition que l'auteur devait présenter aux suffrages de l'*Olijftak* devient un roman historique, plein d'intérêt dramatique et de couleur : c'était le célèbre *Wonderjaar* (l'Année des Merveilles).

Son roman achevé, Conscience le lut dans les salons d'un négociant anversois, grand admirateur des lettres, M. Suremondt, demeurant Marché-aux-Bœufs. Cet auditoire, plus calme et plus posé que celui du *Cheval Noir* et de l'*Olijftak*, ne fut pas moins gagné par l'originalité de cette production.

L'ouvrage fut imprimé en 1837.

Je possède un exemplaire de la première édition. Elle est illustrée de naïves gravures romantiques par les camarades peintres de l'écrivain. Aujourd'hui on paie dans les ventes jusqu'à 20 et 30 francs un exemplaire du *Wonderjaar*. Les collectionneurs recherchent d'autant plus avidement cette édition *princeps* que Conscience a opéré plus tard des changements et des suppressions dans l'original. Ces transformations ont été et sont encore amèrement reprochées à l'auteur. On a prétendu qu'en remaniant son œuvre il avait renié les généreux enthousiasmes de sa jeunesse; que lui, l'admirateur des Gueux du XVIe siècle, avait trahi ses anciens héros et servi les haines des jésuites.

Dans mon entrevue avec le grand romancier, j'hésitais à aborder cette question souvent agitée.

C'est lui-même qui s'est expliqué sur ce point délicat sans que je lui en eusse fait la demande. Il va sans dire que je n'examinerai pas ici s'il a eu tort ou raison en faisant ces remaniements.

Je fais œuvre de biographe et de critique littéraire; c'est surtout l'écrivain que j'étudie en Conscience, parce que c'est comme écrivain que tout le monde le reconnaît.

Voici d'ailleurs en quels termes Conscience m'a raconté les événements de sa carrière littéraire depuis l'apparition de son premier roman à sensation :

« Le succès que recueillit *in 't Wonderjaar* m'encouragea à mettre la main à un nouveau roman historique. Mon père, lui, en sa qualité de Français, n'avait pas vu d'un bon œil mon entrée dans le mouvement littéraire flamand. Quel besoin avais-je, moi, fils de Français, presque Français moi-même, d'écrire dans une autre langue que celle de Châteaubriand et de Victor Hugo? Mais mon père oubliait que ma mère était Flamande et qu'élevé en flamand j'avais toujours vécu en pays flamand avec des Flamands. Il revint si souvent sur ce chapitre et me reprocha mes sympathies avec tant de persistance et d'aigreur que je finis par quitter la maison pour aller vivre en quartier à Saint-Willebrord, dans l'auberge *au Roi d'Espagne*. Ce fut le 10 février 1837 que je pris cette détermination.

« Je n'aurais su que devenir, étant complètement privé de ressources, si le peintre Wappers, qui s'intéressait à moi et qui fut toujours mon ami, mon protecteur le plus dévoué, ne m'avait procuré un petit emploi à l'hôtel provincial.

« Durant le jour j'alignais des chiffres, je parcourais des rapports et des procès-verbaux ; mais avec la nuit je retournais à mes chères occupations. Le succès du *Wonderjaar* m'avait encouragé et je prenais sur mon sommeil, souvent jusqu'à quatre heures du matin, le temps d'écrire de nouveaux livres. L'année même de l'apparition du *Wonderjaar*, j'avais réuni sous ce titre *Fantasij* un recueil de morceaux en prose et en vers, tous fortement marqués de romantisme. J'achevai en 1838 mon second roman historique, le *Lion de Flandre*. Je l'avais écrit en un an. Malgré les éloges et les félicitations que l'apparition de cet ouvrage me valut de la part des artistes flamands, la littérature était loin de me rapporter de quoi vivre. Sans ma petite place de bureaucrate, je serais mort de faim. Ainsi après l'édition du *Lion de Flandre* je me trouvai devoir encore dix-neuf francs à mon imprimeur.

« Mon ami Wappers intervint une seconde fois et usa de son influence sur le roi Léopold Ier pour me faire obtenir un subside.

« Entretemps la fièvre politique régnait encore dans le pays. Le traité des 24 articles était soumis à la ratification de la Chambre. Les Belges ralliés au nouveau régime tournaient avec anxiété leurs regards vers Bruxelles. Le pays se prêterait-il au morcellement que les grandes puissances lui imposaient comme condition de son existence? Ainsi les chirurgiens se pressent au chevet du gangrené et le menacent de mort s'il refuse de se laisser amputer un membre. Mais chez la Belgique il y avait cette différence, qu'elle se portait admirablement, et que ses deux membres dont on voulait la priver étaient des plus sains, des mieux attachés à son corps.

« Je ne m'étendrai pas longuement sur cette période.

« Qu'il me suffise de vous dire qu'à Anvers le parti orangiste comptait encore beaucoup d'adhérents, surtout dans le monde commerçant. Bien plus, les magistrats communaux eux-mêmes étaient des amis peu déguisés de la Hollande.

« Quant à la jeunesse, le groupe d'artistes et d'écrivains dont je faisais partie et le petit peuple anversois, tous étaient d'ardents patriotes.

« Un discours violent que je prononçai dans la salle des Variétés contre les 24 articles eut des conséquences d'une gravité imprévue. Tel avait été l'effet de mes paroles brûlantes et exaltées qu'au sortir du meeting une foule de jeunes gens alla briser les vitres du bourgmestre d'Anvers, M. Legrelle, et se rendit de là sur la Grand'Place où en chantant la *Brabançonne* elle dansa une sarabande patriotique autour de l'arbre de la Liberté.

« Malgré cette manifestation le traité fut voté : il le fallait.

« Mes sympathies belges et surtout la façon téméraire dont je les avais affirmées m'avaient attiré de puissantes inimitiés. Désormais on usa de tous les moyens pour me décourager, me faire prendre en dégoût l'existence. Je fus exposé à des persécutions cachées, à des intrigues détournées. Ma position au gouvernement provincial devint intolérable, si bien qu'un jour je renonçai volontairement à ces 500 fr. de traitement qui composaient cependant toutes mes ressources. La foi littéraire même ne me soutenait plus. Je doutais de mon talent et je ne voyais comme toute perspective à la carrière d'écrivain qu'un succès posthume, problématique encore, un grabat à l'hôpital.

« Un incident acheva de me brouiller momentanément avec ma vocation : Un soir je me trouvais dans un estaminet de Borgerhout, prenant mélancoliquement mon demi-litre de bière d'orge. Mes idées étaient noires et, absorbé, je m'occupais peu des buveurs et des joueurs de cartes assis autour de moi.

« Cependant mon attention fut attirée à un moment donné par un consommateur, attablé en face de moi, dont les yeux me fixaient avec une persistance et une expression qui ne laissaient pas de m'intriguer. Comme je payai mon verre et sortis, l'inconnu imita mon exemple. Arrivé dans la rue et ayant fait quelques pas, je remarquai qu'il me suivait. Je tournai un coin pour m'engager dans une autre rue, le mystérieux personnage fit de même. Alors, de plus en plus intrigué, non sans éprouver une certaine inquiétude, je m'arrêtai une seconde fois. L'inconnu regarda autour de lui, comme s'il voulait s'assurer que personne ne l'épiait, puis vint à moi et me dit rapidement :

« Ne craignez rien, je suis votre ami. On « vous en veut. Aussi marchez toujours tout « droit devant vous. Un bon conseil : ne vous « amusez pas le soir en route; car vous êtes « suivi et beaucoup de gens voudraient vous « faire un mauvais parti. »

« Là-dessus, il s'éloigna rapidement sans m'avoir donné le temps de le remercier.

« Cet ami charitable était un agent de la police. »

V

« Tracassé et les nerfs agités, impressionnable surtout comme je l'étais, cet avis acheva de me faire prendre en horreur tout ce qui aurait pu me donner une certaine notoriété, une position en vue, la popularité. Je résolus de faire œuvre de mes dix doigts, de travailler au besoin comme un ouvrier et de me retirer complètement du mouvement. A cette fin, je me rendis chez un de mes amis, l'horticulteur Van Geert, d'Anvers, et lui demandai à brûle-pourpoint un emploi dans son établissement.

« Au premier mot que je lui en touchai, celui-ci crut que j'étais devenu fou. N'avais-je pas, piqué par la tarentule littéraire, abandonné ma position au gouvernement provincial? Et maintenant, je demandais un emploi de simple jardinier? Rien n'était plus sérieux cependant et Van Geert finit par s'en convaincre. — Qu'il soit fait ainsi que vous le voulez, dit-il. Et, à partir de ce jour, je travaillai dans le jardin, comme un vrai fils de campagnard, en blouse bleue et en sabots ; ou bien, mettant encore à profit mon écriture calligraphique d'instituteur, je confectionnais de superbes étiquettes qui rehaussaient la beauté des plantes de mon patron.

« Celui-ci me traitait avec beaucoup d'égards et voulait souvent me faciliter la besogne, mais j'étais piqué au jeu, je me faisais un point d'honneur de mériter le pain et le salaire que je gagnais. Je me levais avant l'aube, comme les autres aides-jardiniers, et ne mettais pas plus mollement que mes compagnons les mains à la bêche ou à l'arrosoir...

« Cependant, j'avais trop présumé de mes forces en rompant avec ma décevante et capricieuse maîtresse : la littérature. Une demi-réconciliation s'opéra peu à peu. Il m'arrivait, lorsque je me promenais dans les serres de mon patron, de réciter de longues improvisations ou de composer en travaillant des monologues se rapportant à toutes les positions imaginables de la vie.

« Il ne fallait plus qu'une occasion pour me rejeter, corps et âme, dans les bras de ma vocation :

« Van Brée vint à mourir pendant l'hiver de 1839. Les jeunes peintres de l'Académie d'Anvers, qui avaient fini par me dénicher dans ma solitude, m'envoyèrent une députation pour me prier de prononcer, en leur nom, un discours flamand sur la tombe de leur directeur. Ils me dirent que le bourgmestre Legrelle avait voulu empêcher toute manifestation de regret de la part des élèves. Le monde officiel seul aurait été admis à prendre la parole au cimetière. D'abord, je refusai de rentrer dans la lice et de réveiller d'anciennes inimitiés; je prétextai que j'étais retenu par mes occupations; mais je ne plaidais que mollement en faveur de mon abstention. Mes amis finirent par me décider et M. Van Geert consentit à me donner congé. Le jour de l'enterrement, comme les cérémonies des funérailles venaient d'être accomplies et comme les personnages officiels réunis près de la sépulture allaient se retirer, tout à coup on vit sortir de la foule un groupe de jeunes gens qui formèrent cercle à leur tour au bord de la fosse. Moi, au milieu de ce cercle, mes amis prêts à me défendre contre une agression, j'entamai un discours, à peine préparé, mais vibrant d'émotion. Les paroles me sortaient du cœur.

« En commençant, avec un geste d'autorité, un geste imposant, plein de respect pour l'artiste regretté, j'avais jeté mon chapeau par terre et, malgré le froid terrible qu'il faisait, ceux qui s'apprêtaient à sortir et qui s'étaient couverts, se dépouillèrent d'un commun accord de leur coiffure. Au fur et à mesure que je parlais, l'émotion, qui se trahissait sur mon visage par une pâleur livide et un tremblement nerveux des mains, gagnait les auditeurs ; mes camarades versaient des larmes, les curieux eux-mêmes sentaient leurs yeux se mouiller. On n'entendait que ma voix et les sanglots ponctuaient les périodes de ma harangue.

« Il me serait impossible de vous dire le retentissement qu'eut ce discours. Un retour se produisit en ma faveur dans les esprits. M. Legrelle et ses collègues, gagnés par l'accent convaincu de ma parole, oublièrent leurs préventions contre le fougueux orateur du meeting d'antan. Le *Précurseur*, l'organe du haut commerce, qui s'était toujours montré fort dur pour mes essais littéaires, fut désarmé du même coup, et, chose sans précédent, l'après-midi de cette journée mémorable, mon discours s'étalait en toutes lettres et *en flamand* dans cet important organe. Mes amis de l'Académie ne restèrent pas en arrière ; ils m'offrirent le soir même un superbe banquet dans une taverne de la rue de la Bourse.

« Eussé-je même persisté maintenant dans mes résolutions de misanthropie et de désintéressement de la vie active qu'on ne me l'aurait pas permis. Les mêmes influences qui m'avaient fait renoncer à la littérature agirent aussitôt en ma faveur. Le gouvernement chargea le jardinier de M. Van Geert d'écrire une *Histoire de Belgique* en flamand. On m'accordait un subside annuel de 1.000 francs, pendant deux ans, pour faire les recherches préparatoires à ce travail important.

« Peu de temps après, mon protecteur,

Wappers, nommé directeur de l'Académie royale d'Anvers, me fit appeler aux fonctions de greffier du même établissement. Les fêtes de Rubens, en 1840, me procurèrent aussi quelques avantages. Je fus élu secrétaire de l'*Album ;* c'est-à-dire que je dirigeai un compte rendu des cérémonies qui eurent lieu lors de cet anniversaire... »

A partir de ce revirement, le chemin d'Henri Conscience était tracé. Il resta à Anvers jusqu'au moment où le baron Wappers abandonna la direction de l'Académie, à la suite de tiraillements politiques dont Conscience m'a fait le récit, mais qui appartiennent à une histoire trop contemporaine pour qu'on puisse déjà les apprécier avec impartialité. C'est en 1854 que l'illustre romancier donna sa démission de greffier. En 1857, il a été nommé commissaire de l'arrondissement de Courtrai. M. Pierre De Decker, alors ministre de l'intérieur, avait été guidé dans ce choix par des considérations excellentes, dont celle-ci m'a été exposée par Conscience :

De mauvais vents soufflaient dans le sud de notre pays à cette époque ; des agents politiques de Napoléon III *travaillaient* les populations des frontières et faisaient de la propagande en faveur d'une annexion à la France ; il s'agissait de maintenir l'esprit de nationalité à Courtrai et quelle meilleure sauvegarde du patriotisme belge aurait-on pu trouver, que la présence de ce Flamand convaincu, de ce rénovateur, qui avait doté ses compatriotes d'une littérature, de la pensée écrite, et dont les récits populaires devaient rattacher plus que jamais les habitants au sol natal ?

Conscience resta à Courtrai jusqu'en janvier 1868, époque à laquelle il fut investi des fonctions plus honorifiques que fatigantes de conservateur des Musées royaux de peinture et de sculpture du royaume. C'est encore son titre actuel. On lui avait offert d'abord une chaire à l'Université de Gand, où il aurait enseigné cette littérature flamande qu'il a en quelque sorte ressuscitée, mais il se dit non sans raison que là le professeur eût empiété trop souvent sur les droits du romancier, et c'est pourquoi il sollicita du ministre Van den Peereboom, que M. Heremans le remplaçât dans ces hautes fonctions.

VI

Depuis longtemps déjà le nom du conteur flamand excitait des admirations au delà des frontières de son pays natal. Désormais Conscience brillait au rang des écrivains d'élite que le monde entier adopte.

L'Allemagne avait été la première à l'accueillir. L'origine de la popularité de Conscience dans la patrie de Schiller m'a été racontée en ces termes par l'auteur du *Wonderjaar* :

— « En 1844, j'avais réuni en volume paru chez E. Buschmann, à Anvers, mes trois nouvelles : *Hoe men schilder wordt*, *Wat eene moeder lijden kan* et *Siska van Roosemael*. L'automne de cette même année, la comtesse de

Dornabey, gouvernante de la toute jeune princesse de Tour et Taxis, avait accompagné son auguste élève à Anvers. Le matin, au lendemain de leur arrivée, tandis que l'enfant, fatiguée du voyage, dormait encore tout d'une traite de ce bon sommeil du premier âge, la comtesse avait quitté l'hôtel et flânait, observant la physionomie des rues et des passants, s'enquérant des curiosités de la ville. En se promenant, elle s'arrêta devant l'étalage du libraire Froment, Marché-aux-Souliers, où figurait mon petit volume. Le titre flamand la frappa. Westphalienne, la comtesse parlait un patois allemand se rapprochant du dialecte de nos provinces du Nord. Elle comprenait ce titre et pourtant ce n'était pas là du *niederdeutsch*. Intriguée, et voulant en avoir le cœur net, la noble dame entra dans le magasin, fit l'acquisition de mon volume, non sans s'informer avec intérêt de l'auteur. Rentrée à l'hôtel, elle renferma la plaquette dans sa malle. Son service près de la princesse, les incidents du voyage l'eurent vite distraite de sa trouvaille du matin. La princesse et sa gouvernante se rendirent d'Anvers à Paris. Dans la grande ville de France, l'humble volume flamand eut encore tort. Il restait prisonnier, oublié dans la malle, confondu avec des bibelots, de frivoles emplettes que les touristes recueillent de temps immémorial à l'étranger pour les dédaigner au prochain relais. On revint enfin à Ratisbonne, résidence des souverains de Tour et Taxis. Là, la gouvernante retrouvait quelques loisirs. En vidant ses malles, elle mit la main sur mon volume; se rappelant ce qu'on lui avait dit de moi, elle subit de nouveau le charme du titre, et lut d'une haleine mes trois bluettes, enchantée de comprendre cette langue, étonnée de sa propre science. Il en résulta une nouvelle commande faite à Froment. Un exemplaire de tout ce que j'avais publié partit pour le château de Ratisbonne.

« La comtesse de Dornabey fit part de sa découverte aux habitués de la noble maison. A un dîner du château auquel assistait M. le doyen de Ratisbonne, Melchior Diepenbrock, littérateur et poète renommé en Germanie, mon enthousiaste liseuse fit mon éloge au point d'intéresser également à mes historiettes ce personnage éminent. Il les emprunta, les lut, les goûta et m'envoya ses félicitations chaleureuses avec la demande de pouvoir les traduire. Fier de l'appréciation d'un homme de cette valeur, je me hâtai de lui accorder l'autorisation sollicitée. Bref, en 1845, mes trois nouvelles parurent traduites en allemand par Diepenbrock sous ce titre *Flæmisches Stilleben*.

« Je vous ferai remarquer que mon traducteur étant devenu prince évêque de Breslau, depuis sa lecture de mon œuvre, avait eu quelque scrupule de signer de son nom l'édition allemande. Mais son enthousiasme d'écrivain et le désir de m'obliger l'emportèrent sur ses répugnances de prêtre et il apposa bravement son nom de haut patronage sur le simple travail du débutant anversois.

« Il n'en a pas fallu davantage pour me faire connaître en Allemagne, où les éditions de mon œuvre traduite se répandent et se multiplient depuis lors dans des proportions plus flatteuses que rémunératrices pour moi. Mais la renommée me suffit ; je ne suis pas un homme d'argent. »

— Puis la France est là pour vous dédommager? fis-je, tandis que des montagnes d'écus se dressaient devant mes yeux éblouis. Je songeais à Victor Hugo enrichi ; aux contrats de Zola avec Charpentier.

Mon interlocuteur se mit à sourire. — Oh, que non, dit-il. Mon traité avec la maison Lévy ne me rapporte pas ce que vous supposeriez, étant donnée la publicité énorme de mon œuvre en français... Mais je ne me plains pas...

Et il entra dans quelques détails confidentiels qui me donnèrent à réfléchir. Ce sujet lui servit de transition pour me faire le récit des origines de sa réputation à Paris.

— Je la dois à Alexandre Dumas ; un peu malgré lui, dit Conscience, comme vous allez en juger :

L'auteur de *Monte-Cristo* résidait à Bruxelles en 1852. Ce pourvoyeur fêté du public lisant était venu chercher chez nous des sujets nouveaux, des impressions locales et caractéristiques, des trames et des péripéties vierges. Pour faciliter ou abréger sa tâche d'observateur, il s'informa des écrivains du cru. On lui parla de moi ; ce qu'il apprit sur ma manière l'intéressa.

Un jour je reçus une lettre dans laquelle il me demandait l'autorisation de faire traduire « pour son usage personnel le petit conte *Ce qu'une mère peut souffrir* ». Très flatté d'avoir été remarqué par le grand homme, je lui accordai cette autorisation avec empressement.

« Mais quelques mois après cet échange de lettres parut à Bruxelles un roman intitulé *Dieu et Diable* par Alexandre Dumas. Cet ouvrage était accompagné d'une préface, sous forme de lettre à M. Méline, dans laquelle l'auteur avouait l'emprunt fait pour son roman « à quelques-uns des plus beaux chapitres du *Conscrit* de l'auteur flamand, M. Conscience », et, ajoutait M. Dumas, « pour rendre hommage à cet auteur j'ai donné le nom de Conscience au héros de mon roman. »

« Mon étonnement fut plus grand encore, lorsque quelques jours s'étant écoulés depuis l'apparition de cette adaptation française de mon récit campinois, le roman du spirituel auteur français figurait à toutes les vitrines avec une couverture nouvelle, un autre titre et plus de préface. *Dieu et Diable* était devenu *Conscience l'Innocent*. J'avoue que je fus médiocrement flatté du titre choisi par M. Dumas. Était-ce toujours pour rendre hommage à l'auteur qu'il avait exploité avec tant de bonne grâce et de désinvolture? Je n'eus jamais l'explication de cette politesse française. En somme *Dieu et Diable* tout comme *Conscience l'Innocent* était l'intrigue du *Conscrit* diluée dans le goût du public ordinaire de Dumas, agrémenté de péripéties et d'épisodes, et enrichi d'une description dramatique de la bataille de Waterloo. Mon brave Campinois était devenu un troupier français. Ce n'était pas la maladie qui rendait aveugle le héros, mais il avait les yeux brûlés par l'explosion d'un caisson, ce qui est beaucoup plus dramatique! J'avouerai même qu'on aurait à peine reconnu, sous ce travestissement et ces broderies, ma simple historiette campagnarde. Aussi je ne me plaignis pas des procédés de M. Dumas et je fis bien, car ces emprunts tournèrent à mon profit et voici comment :

« A Paris, les ennemis du grand romancier firent à propos de cette affaire beaucoup de bruit. Dans des attaques violentes on accusait l'auteur français de plagiat. On ne se contentait pas de le dire; on l'imprimait.

« Alexandre Dumas frappa alors un grand coup. Dramaturge consommé, il connaissait son public. Il fit paraître un journal quotidien, *le Mousquetaire*, dont il se vantait d'être le seul rédacteur, et pour prouver qu'on l'accusait à tort de m'avoir pillé, il publia dans cette feuille le texte de mon *Conscrit*, traduit par l'avocat Van der Plassche.

« Cette justification apaisa non seulement la tempête soulevée par la conduite du fécond romancier, mais tourna encore à son profit et au mien par ricochet. En effet, le public avait pris tant de plaisir à la lecture du *Conscrit*, que l'éditeur du *Mousquetaire* servit successivement à ses abonnés ceux de mes contes qui avaient paru en français à Bruxelles.

« Un jour, ma prose fut remarquée par MM. Lévy. Ils me firent des ouvertures pour la publication de toutes mes œuvres en français. J'acceptai et je signai le contrat qui me lie encore aujourd'hui.

« Le premier volume édité par Lévy fut les *Scènes de la vie flamande*, qui parut en 1854. »

C'est sans amertume, avec plus de finesse

que de malice, que notre charmant auteur me rapportait ces souvenirs de sa vie littéraire. On n'est pas plus indulgent, plus désintéressé et plus philosophe !

Et comme j'exprimais carrément mes réflexions sur la conduite de l'illustre romancier français, il le défendait et l'excusait de son mieux. Puis il détourna la conversation et me fit remarquer qu'avant d'être éditée à Paris, une traduction de ses contes avait déjà paru à Londres, en 1846, sous ce titre *Sketches of flemisch life*, et que les mêmes récits s'étaient publiés l'année suivante à Florence, en italien, comme *Vita domestica dei Fiamminghi*. Après l'apparition en Allemagne de la traduction de l'évêque de Breslau, Alexandre de Humboldt avait écrit de Berlin, à Conscience, le 27 septembre 1847, une lettre des plus flatteuses et des plus cordiales. Dès 1848, aussi dans un article élogieux, M. Saint-René Taillandier l'avait présenté aux abonnés de la *Revue des deux Mondes*.

VII

« — Et maintenant un mot du fameux grief qu'on m'a fait au sujet de la seconde édition du *Wonderjaar*, reprit Conscience, après m'avoir renseigné sur ces curieuses particularités de son existence.

« C'était à cette époque malheureuse et troublée de ma carrière dont je vous ai fait un court tableau. Je mangeais de la vache enragée et trop fier pour me plaindre j'attendais avec stoïcisme un retour de la chance en ma faveur. Un jour, comme j'étais seul chez moi, l'estomac creux et le cerveau en ébullition, un domestique de mon ami Wappers vint m'avertir que son maître m'attendait sur-le-champ pour me parler d'une affaire urgente. Je m'empressai de me rendre chez l'artiste et en entrant dans la salle à manger, je le trouvai attablé avec une autre personne, d'allures officielles, qu'il me présenta comme M. de Sorlus, directeur au ministère de la justice.

« — Voyons, Henri ! me dit l'auteur du *Charles Ier* avec cette cordialité bourrue qui me plaisait tant chez lui, inutile de t'en défendre avec un ami ; tu es dans la *dèche*, mon garçon ; tu mènes une vie de galérien ! Tu ne diras pas le contraire ?

« — Eh bien ! oui, fis-je avec la même franchise, tu as raison ; je ne nage pas dans le Pactole. Mais après ?

— Il y a que je causais à l'instant avec M. de Sorlus de ton *Wonderjaar* et de tes autres livres. Figure-toi que le gouvernement est embarrassé pour fournir les bibliothèques des prisons et des hospices. Les ouvrages qu'on met entre les mains des malheureux reclus sont d'une moralité par trop bébête et fadasse ! Mais on n'a que ceux-là, croit-on, à Bruxelles. Or, je songeais, moi, que tes romans feraient merveilleusement l'affaire! C'est de la morale intéressante, cela; on ne s'endort pas sur ces pages et on sort meilleur de cette lecture. J'ai recommandé tes œuvres à M. de Sorlus. Il s'est empressé de saisir cette occasion. Et te voilà ici pour t'entendre avec lui... »

Dans mon entretien avec M. de Sorlus, il fut convenu que j'enverrais à Bruxelles, à la commission des Bibliothèques, un exemplaire de chacun de mes livres. Ce ne devait être là qu'une simple formalité : la fourniture était certaine. Je pouvais même aussitôt m'entendre avec mon imprimeur pour faire une édition officielle de mon œuvre. Le gouvernement prendrait tous les frais à sa sa charge.

« Fort de cet accord verbal, je conclus dès ce moment un arrangement avec un imprimeur. Celui-ci fit la commande du papier, des caractères et des encres nécessaires. Tout était prêt. Je n'attendais plus qu'une lettre de Bruxelles pour commencer l'impression. Je l'attendis longtemps; rien n'arrivait. Wappers, pas plus que moi, ne savait à quoi attribuer ce silence. Il me fut expliqué par une lettre confidentielle que m'envoya un de mes amis de Vilvorde, l'instituteur Martens, chargé de donner des cours aux prisonniers. Celui-ci m'écrivait que la lecture du *Wonderjaar* avait compromis toute l'affaire.

« L'esprit et la tendance de cet ouvrage ne pouvaient convenir à des lecteurs qui n'étaient déjà que trop portés à la passion et à la révolte. Fort marri de cette nouvelle, j'allai trouver un prêtre, reconnu pour ses idées libérales, le curé de la paroisse Saint-Jacques, à Anvers. Dès les premiers mots que je lui touchai de ma déconvenue, cet ecclésiastique me dit de ne pas désespérer, que tout s'arrangerait encore. Seulement il fallait faire subir quelques remaniements de peu d'importance non seulement au *Wonderjaar*, mais aussi au *Lion de Flandre*.

« Ainsi, dans ce dernier ouvrage, les héros, le fougueux Breydel surtout, juraient à chaque alinéa. Mon censeur bienveillant admettait que cette intempérance de langage entrât dans le caractère du doyen des bouchers, mais, à la lecture, cette kyrielle de *bij God* avait dû scandaliser les membres de la commission. Je convins que ces jurons étalés avec complaisance n'étaient pas d'un bon exemple à donner à des prisonniers. Le prêtre finit par m'adresser directement à un de mes juges, M. Guillaume Van Hemel, chanoine à Malines, grand ami des lettres flamandes et littérateur lui-même. Celui-ci prit à partie le style plus encore que l'intrigue du *Wonderjaar*.

« Les changements qu'il me demandait d'y introduire n'étaient guère importants pour moi, ils n'entamaient pas le caractère essentiel de l'œuvre. Ainsi les héros du roman étaient des Gueux ; les traîtres et les bourreaux des Espagnols, des catholiques ; il fallait, pour que le livre ne parût pas dirigé contre la religion, que de nobles sentiments, des idées sages fussent exprimés aussi par un personnage orthodoxe. *In 't Wonderjaar* accordait avec un certain parti pris le monopole de tous les héroïsmes et de toutes les vertus aux conspirateurs, les Gueux. Je consentis à élargir et à accentuer dans ce sens le rôle d'un de mes personnages, le Père François, et ces changements ont été maintenus dans toutes les éditions subséquentes. Puis, enfin, je remplaçai, dans la célèbre ronde de l'époque, le *Sa pater kiest hier*, qui ferme le volume, le mot *kussen* (embrasser) par celui de *groeten* (saluer) dans le passage suivant :

Gij moedt mij driemal *kussen*
Eer gij van hier moogt gaan.

« Tu dois m'embrasser trois fois avant de pouvoir partir d'ici. »

« Voilà les seuls changements qu'on me demanda et auxquels je consentis parce qu'ils ne me parurent pas de nature à altérer l'idée de l'ouvrage. Grâce à ce léger compromis, à cette concession de forme plutôt que de fond, mon *Wonderjaar* et mon *Lion de Flandre* purent affronter l'examen des lecteurs les plus rigides et être remis sans danger entre les mains de la jeunesse.

« D'ailleurs, ajouta Conscience, je voulais que tous mes livres devinssent populaires. En écrivant, j'ai toujours eu pour pierre de touche l'intelligence et la culture des simples. Je n'ai jamais rien écrit que le peuple ne pût comprendre. Je me suis toujours abstenu de flatter les passions et de parer les vices, de présenter les actions mauvaises sous des couleurs aimaibles et séduisantes.

« Dans la collection des cent volumes qui forment jusqu'à présent mon œuvre, vous ne rencontrerez pas une seule intrigue immorale, pas un seul adultère. A défaut d'autres mérites, je puis revendiquer celui-là. La tâche n'a pas toujours été facile. Il me fallait varier mes narrations, inventer de nouveaux sujets et je me privais volontairement d'un des éléments d'intérêt les plus utiles pour le roman moderne. N'importe, j'ai tenu bon et ma volonté l'a emporté. Vous remarquerez aussi que le sentiment religieux qui anime mes romans n'est pas une conviction de sectaire, mais la foi dans son acception la plus large. En Hollande, mes livres ont rencontré la même faveur de la part des catholiques-romains et des protestants-luthériens.

« On m'a reproché aussi de flatter le paysan, de peindre la campagne sous des couleurs trop riantes, de manquer de *naturalisme*, pour employer le grand mot à la mode. A cela je répondrai que l'observation doit être personnelle. Tel s'arrête à des détails matériels et répugnants qui frappent à peine tel autre, ou du moins sur lesquels il n'insiste pas. J'ai peint le paysan flamand comme il s'est présenté à moi. Je l'ai fait doux, paisible, religieux, patriarcal, attaché à ses mœurs comme à sa terre et par là un peu rebelle aux innovations, parce qu'il m'a été révélé sous ce jour à l'époque de ma vie où, pauvre volontaire de 1830, affamé, malade, je rencontrai son hospitalité et ses soins touchants. Cette poésie qu'on me reproche, je ne la prête pas à mes héros, ce sont eux qui me l'ont inspirée : je la subis.

« Qu'un autre s'arrête de préférence aux côtés défectueux et grossiers de l'homme des champs, qu'il me le montre, sous prétexte de couleur, obéissant à des penchants d'ivrognerie, à des instincts de brute, je ne contesterai pas la vérité de son œuvre, je n'en nierai pas le mérite pittoresque. Mais de là à prétendre que je me suis trompé, il y a de la marge. Les héros de mon voisin ne sont pas les miens, ou du moins je ne les ai pas vus sous les mêmes couleurs que lui. Après cela on discute, on demande qui est dans le vrai, qui est dans le faux; qui l'emporte du pessimisme de l'observateur matérialiste ou de l'optimisme de l'écrivain idéaliste; qui a raison du subjectif ou de l'objectif? Tout ce que je sais, et voilà ma conviction, c'est que l'écrivain sincère n'a jamais été faux. Et je crois avoir été sincère. »

Là-dessus Conscience se leva et prit congé de moi. Durant deux heures il m'avait initié aux particularités de sa vie. Il s'exprimait dans un français très pur, très correct, avec un accent presque imperceptible qui est plutôt un attrait qu'un défaut chez ce Flamand. Rien de plus insipide d'ailleurs que d'affecter l'accent d'une langue qui n'est pas notre idiome familier! L'organe est d'une incomparable douceur, il a le timbre ému, cette note chaude rappelant la musique d'une cloche légèrement caressée, qui fait les charmeurs, les sympathiques.

C'est ce qu'auront constaté dernièrement encore les personnes qui assistaient à la séance de l'Académie dans laquelle il a lu son discours en français sur la *Littérature flamande*.

Depuis notre première entrevue, le sympathique vétéran des lettres flamandes, le conteur populaire dans l'Europe entière, avait plutôt gagné que perdu en apparence physique. Il est toujours nerveux et change fréquemment d'attitude. Assis en conversant, il s'agite, ne tient pas en place, gesticule avec abondance. Ce n'est plus le *fourrier* maigre, efflanqué, faiblot de 1830, mais un bourgeois au teint vermeil, à l'œil toujours vif, d'une rondeur satisfaisante, ayant tout juste ce qu'il faut de corpulence.

En le voyant, on a la conviction que son centième ouvrage ne sera pas le dernier. C'est un nouveau jalon de cette laborieuse et féconde carrière ; il n'en marque pas encore la halte, l'étape définitive.

VIII

Conscience a épousé, en 1842, une Anversoise, Mlle Maria Peinen, dont il a eu plusieurs enfants. Un seul de ceux-ci vit encore, sa fille, qui est Mme Antheunis, la femme de Gentil Antheunis, juge de paix du canton de Hal, un des bons poètes flamands dont nous avons trouvé quelques vers français... gentils, en parcourant le recueil d'une société littéraire de Verviers.

Le garçonnet qui accompagnait Conscience lors de notre première entrevue dans l'estaminet de la Grand'Place était le fils de M. Antheunis.

Le grand-père adore son petit-fils, son Henri,

et aussi ses deux autres petits enfants, Bertha, une ravisante filette et Jules, le benjamin de ce grâcieux triumvirat. On ne rêve pas un intérieur plus paisible et plus riant que celui du maître.

Un biographe allemand du romancier, une grande admiratrice de son talent, Mme Ida von Duringsfeld, a intercalé dans un livre enthousiaste qu'elle consacre à la Belgique, *Von der Schelde bis zur Maas*, quelques détails sur la vie intime de Conscience. Sa femme aime chez lui l'homme plus encore que le littérateur. Comme Mme von Duringsfeld la félicitait, vers 1858, des succès de son mari et lui demandait si elle n'en était pas émue : « J'y suis si habituée ! » répondait Mme Conscience. Parole naïve et pourtant fière ! exprimant la confiance sereine que la compagne de l'auteur avait dans son talent robuste et égal. Une autre fois, faisant l'éloge de Conscience, elle disait : « C'est le meilleur des hommes ! Le premier mot dur est encore à venir, entre nous ! »

Il y a cependant une page atroce dans la vie familiale de Conscience ; il m'en a parlé et je veux en dire un mot ici parce qu'elle est acquise à sa biographie, et que l'infortuné père n'aurait jamais eu la force de la rédiger lui-même pour ses mémoires. Au contraire d'Hugo qui a écrit les *Contemplations* sur la tombe d'une fille adorée, Conscience ne saurait faire œuvre d'artiste de sa douleur. C'est presque avec indignation qu'il s'élevait contre l'idée de substituer l'artifice élégant à cette poignante et brutale réalité : « Comment peut-on dompter, mater, comprimer le cri de son cœur pour le traduire en phrases littéraires, le plier aux exigences de la rime, aux lois de l'harmonie et de la grammaire ! » me disait-il à ce propos. « Non, ces œuvres soi-disant *vécues* ne sont jamais sincères, sinon l'auteur n'aurait jamais eu le courage de les achever ! »

On ne s'imagine pas de circonstances plus horribles que celles qui accompagnèrent la mort presque simultanée des deux fils du romancier : Hildevert, un jeune homme de vingt-six ans, et Henri, un enfant de douze ans.

C'était en 1869. Déroutant les probabilités, donnant un démenti aux lois générales, se présentant comme une hideuse anomalie, un point d'interrogation à la science médicale, une fièvre typhoïde épidémique ravageait le Quartier-Léopold, c'est-à-dire le plus riche, le plus vaste, le mieux aéré, le plus élevé des quartiers de Bruxelles. Le bas de la ville était épargné, les ruelles où grouillent les misérables, les antres où les petits sont entassés dans une promiscuité aussi funeste à l'âme qu'au corps, échappaient aux atteintes du mal. C'était sur les enfants des riches, sur les fleurs aristocratiques, sur de jeunes et fiers adolescents comme sur de gracieuses jeunes filles, ornement des salons du *high life*, que soufflait le vent de mort. Et le déclassé, le prolétaire en haillons, assistait étonné, stupéfait, à cette hécatombe d'heureux, à cette moisson des épis d'élite. La peste atteignait donc parfois les palais! Ainsi, à certaines époques, riches et misérables étaient égaux devant le fléau! Cependant cette œuvre d'égalité était poursuivie d'une façon si sévère que les parias s'arrêtaient avec plus de pitié et de stupeur que de satisfaction au passage de ces mornes convois, au luxe funèbre, traversant les rues plus que jamais silencieuses du quartier des élus !

Chacun connaît le Musée Wiertz, et l'original logis que s'était ménagé, près de son atelier, le fougueux auteur du *Patrocle*.

C'est là sur les hauteurs, derrière l'ancien Jardin Zoologique, dans un coin masqué par des arbres de haute futaie, qu'habitaient Conscience et sa famille, et qu'ils demeurent encore aujourd'hui.

Or, en cette fatale année 1869, un jour le typhus pénétra dans la maison paisible, que ne défendaient ni le souvenir sympathique de l'artiste au pinceau rubénien, ni la popularité du romancier des mœurs flamandes. Le fils cadet de Conscience fut atteint et s'alita. Le père alarmé engagea son aîné à quitter la maison, à fuir Bruxelles, à s'en aller bien loin, aussi loin que possible, dans un air moins corrompu. Il lui remit quelque argent. Le jeune homme partit, et le père, n'ayant plus de crainte pour celui-ci, essaya de disputer son cadet à la fièvre redoutable. Mais, vains efforts ; le mal faisait des progrès terribles. Le pauvre petit s'en allait comme étaient déjà parties tant de têtes blondes ! Le père ne gardait plus qu'un faible espoir et sa seule consolation était de se dire qu'au moins un fils lui resterait encore. Survient un soir une dépêche de Dixmude. Dixmude? L'ouvrir, la lire, n'en comprendre que trop la portée, est l'affaire d'une seconde pour Conscience. « Votre fils se meurt, lui mande un inconnu serviable, accourez si vous voulez le voir vivant. » Que faire? Conscience prend une résolution. Il abandonne le chevet du petit à la garde de la mère, il fait de courts préparatifs et part pour cet autre chevet, vers cet autre lit de douleur où agonise son aîné, loin de la maison paternelle.

Il trouve son Hildevert dans une chambre d'auberge, privé de tous soins, les naturels de l'endroit n'osant pas approcher de sa couche. C'est en vain que le père a envoyé son fils dans un autre climat; le virus tenait déjà sa victime et l'a fait échouer dans cette misérable mansarde. La présence de ce malade contrarie beaucoup les gens de l'auberge. C'est l'époque de la foire aux chevaux, jours de kermesse, de liesse et de beuverie au pays flamand. Or, maquignons et fermiers se soucient peu de lever le coude dans cette maison où l'on meurt de vilain mal. Ou si l'on boit, le *laes* suppute les litres délivrés et se dit qu'on *faisait* davantage l'an dernier.

Et le père est là près de son enfant. Il a déchiré ses mouchoirs pour lui faire des compresses. C'est la bronchite capillaire, une variante, une autre incarnation du hideux typhus, qui emporte Hildevert. Il n'y a plus rien à faire. Le père est arrivé à temps pour fermer les yeux à son fils aîné. C'est un cadavre qu'il veille le 29 janvier 1869.

Et le cadet sera-t-il sauvé ?

Voilà la question que se pose Conscience en pressant la main glacée de celui qui fut comme le phare, le mobile de son ambition. Et dans Dixmude, dans l'estaminet même, on lampe, on festoie. N'est-ce pas la kermesse ?

Maintenant, c'est de Bruxelles à Dixmude qu'a joué le télégraphe.

Mme Conscience rappelle son mari au chevet du petit Henri. Il y a urgence. Puis le père a deviné le sous-entendu du message laconique, l'enfant est au plus mal, traduisez : il se meurt. Force est à Conscience d'abandonner le corps de son aîné à la sollicitude vénale des entrepreneurs de pompes funèbres. Il retourne à Bruxelles, arrive au Quartier-Léopold, pour assister à une nouvelle agonie. C'en est fait. Le 2 février 1869, Conscience n'a plus de fils : l'enfant est allé rejoindre le jeune homme.

Après cette catastrophe, on conçoit que le désespoir du père étouffa longtemps l'ambition généreuse, le souci de la gloire chez l'écrivain. Rien ne lui était plus! Dans un accès de sombre désespérance, se voyant sans héritier à qui il eût pu transmettre l'héritage de son nom populaire et honoré, Conscience entassa dans sa cave tous ses papiers, ses notes, ses souvenirs, ses documents biographiques, ses projets de mémoires, ses correspondances avec des personnages célèbres, des lettres de Gœthe, Alexandre de Humboldt, Dumas père, Diepenbrock. Les reproches de ses amis, les prières de sa fille ne purent fléchir sa volonté, son inertie douloureuse. Lorsque le tas énorme fut arrivé à la hauteur de la voûte, il y mit le feu avec une joie mélancolique.

C'étaient trente ans de souvenirs, de reliques, d'encouragements et d'hommages que consumait la flamme aveugle, dont l'infortuné père faisait un holocauste sur les tombes de 1869. Puis, comme si ce sacrifice ne suffisait pas, tout n'ayant pas été brûlé dans cet auto da fé, le reste des papiers servit longtemps à allumer les poêles du Musée Wiertz.

Heureusement, Conscience a survécu à cette immolation d'une partie de lui-même. La résignation est venue un jour. Dieu n'a pas permis que s'achevât le *suicide* d'une gloire si honnête et si pure!

Je citais plus haut Mme Van Duringsfeld. Je lui emprunterai encore une anecdote qui donne une idée de la popularité recueillie par Conscience jusque dans les classes les moins lettrées. En 1857, un petit tailleur de Malines — la ville où, dit l'écrivain allemand, on lit le moins, — en apprenant que Conscience était nommé commissaire d'arrondissement à Courtrai, s'écria avec une conviction égoïste : « Que vais-je devenir! Maintenant qu'il est *arrivé*, il ne fera plus de livres! » Le bonhomme alla jusqu'à exprimer verbalement ses inquiétudes au maître lui-même. Celui-ci rassura ce lecteur despotique en lui promettant de ne pas abandonner ses travaux littéraires. Et il tint parole. Le tailleur apaisé n'écrivit plus. Peut-être dévore-t-il encore à cette heure le *Geld en Adel!*

J'ajouterai que dans l'exercice de ses fonctions officielles, le poète famélique d'antan, le soldat efflanqué prenait de l'embonpoint. Or, Conscience avait contre la graisse le préjugé artiste de 1830 dont ne s'est pas même affranchi aujourd'hui le matérialiste Zola, à preuve l'indignation de Claude Lantier dans le *Ventre de Paris*. L'embonpoint était la marque du bourgeoisisme. « Quel prestige conserve encore le romancier qui engraisse! » murmurait-il avec mauvaise humeur. Il s'alarma à tort. En effet, je crois l'avoir dit plus haut, sa corpulence s'arrêta dans les limites ordinaires.

Conscience a été nommé chevalier de l'ordre de Léopold le 1er juin 1845; officier le 19 juillet 1856; enfin grand-croix le 9 mai 1881 à l'occasion de l'apparition de son centième roman intitulé *Geld en Adel*. Il est aussi décoré de plusieurs ordres étrangers, entre autres du Lion Néerlandais et de l'Aigle rouge de Prusse. Il a été le professeur de flamand de S. M. Léopold II et de S. A. R. le comte de Flandre. Il est depuis 1869 membre de l'Académie Royale de Belgique.

IX

Je n'ai parlé qu'incidemment de l'œuvre même de Conscience, en ne m'arrêtant qu'à celles de ses publications qui ont fait, plus que les autres, époque dans sa vie. A défaut d'une critique approfondie et détaillée qui m'entraînerait trop loin, je crois que quelques considérations générales sur le génie de l'écrivain s'imposent à la suite de cette étude biographique.

Comme beaucoup d'autres artistes ès lettres, Conscience a eu plusieurs manières. Mais, ce qui le distingue de ses pairs, c'est qu'en variant son genre et ses procédés il n'a jamais abandonné complètement l'un au profit de l'autre. Il écrit ses premières nouvelles en même temps qu'il élabore son Histoire de Belgique; le *Conscrit* est presque contemporain du *Jacques d'Artevelde*. Nature richement douée, imagination complaisante, il concevra un roman historique de longue haleine alors qu'il réunira les notes d'un roman de mœurs bourgeoises ou qu'il tissera la trame délicate d'une de ces délicieuses bluettes des campagnes flamandes. C'est dans la confection de ce dernier genre de récit qu'il a excellé. Il y a dans le caractère généreux et compatissant de Conscience un aimant qui l'attire de préférence vers les faits et gestes des humbles. Les pauvres gens sont pour sa plume de poète l'objet d'une bienveillance que les *réalistes* modernes trouveront exagérée, mais qui charmera bien des générations encore, alors qu'il ne sera plus question depuis longtemps de certains tours de vocabulaire, accomplis sous prétexte de modernité par des stylistes sans tempérament. *Hoe men schilder wordt*, *Wat eene moeder lijden kan*, le *Loteling*, *Rikke Tikke Tak* resteront comme des modèles d'observation délicate. La postérité les sauvera de l'oubli parce

qu'ils sont franchement humains, parce qu'ils expriment des sentiments que chacun peut comprendre, et où nous pouvons retrouver nos larmes et compter les battements de notre cœur. Les naïves amours du *Conscrit* et de sa dévouée Trien ; la fidélité de Jan Daelmans, le simple paysan de *Rikke Tikke Tak*, au souvenir de Lena, son amie d'enfance, Lena qu'il devrait oublier parce que d'infime gardeuse de bestiaux elle est devenue une riche héritière et que lui est resté pauvre, Lena qu'il aime à en mourir ; — la fierté du gentilhomme pauvre ; la gloriole de *Baas Gansendonck*, ne sont pas des sentiments sortant de l'ordre général de la nature. Conscience a trouvé avec raison que le peuple est assez intéressant sans qu'il faille chercher des modèles dans les cabanons, les lazarets et les amphithéâtres. Lorsqu'il s'attaque au vice, il ne se complaît pas dans la peinture des manifestations physiologiques de celui-ci.

Avant Zola, notre romancier flamand a décrit les conséquences funestes de l'ivrognerie. Le *Fléau du village* soutient la même thèse que l'*Assommoir*. Le Coupeau villageois est tout aussi odieux que le Jan Staers parisien. Mais tandis que Zola, cédant à l'entraînement de son talent de coloriste, a peint avec force détails le *delirium tremens* de son triste héros, Conscience nous a épargné cet écœurant spectacle et c'est près de l'ivrogne mort que nous conduisent les dernières pages de son livre et que l'auteur insiste sur les malheurs causés par l'eau-de-vie. Il est à remarquer aussi que Jan Staers a pour fille une créature d'élite, la douce et pudique Clara, dont la figure est un repoussoir fort bien venu au type du buveur incorrigible. Clara épouse à la fin du livre un honnête garçon et devient une mère modèle et heureuse après avoir eu pour son indigne père le dévouement d'une Antigone. Son mari ne boira pas, lui; le père Torfs a élevé son garçon dans l'horreur de l'alcool et de l'oisiveté. Lucas vînt-il à oublier ces bons principes, que le souvenir de la fin indigne du père de Clara l'éloignerait du cabaret. Au contraire, dans l'*Assommoir*, si horrible que soit le châtiment de Coupeau, il n'avertit et ne corrige personne. La femme marche sur les traces du mari. Pas de Clara, pas de figure consolante dans ces tableaux impitoyables, mais une fillette vicieuse, répugnante dès le berceau ; une gamine qui remplira de ses aventures à peine galantes, sous le nom de Nana, un gros volume de la collection Charpentier.

Ces cas pathologiques, ces sujets de clinique, ces prétextes à dissection et à autopsie ne sont pas du domaine de l'écrivain flamand. D'aveugles sectaires seuls, d'intolérants adeptes de cette littérature d'opérateur s'en plaindront ! Pour ceux qui aiment le beau sous toutes ses manifestations, qui se tiennent sans parti pris au courant du mouvement artistique, prêts à saluer une étoile nouvelle sans vouloir éteindre pour cela les autres astres du ciel littéraire ; pour ceux-là, et ils sont nombreux, ils s'appellent légion, Conscience supporte la comparaison avec le brillant chef d'école français. Je dirai même que la gloire de l'écrivain flamand me semble plus noble, plus pure. Il nous réconcilie en poète magnanime avec cette humanité où le romancier français ne nous montre que les plaies, les verrues et les grimaces. Si les souriantes idylles, les touchantes élégies, les villanelles captivantes du conteur flamand sont traitées de songes bleus par les écrivains positivistes, on peut dire que leurs soi-disant documents humains sont tout aussi faux, aussi fictifs. Ils ont l'horreur en plus et la consolation en moins. Conscience, c'est le rêve, je l'admets; mais alors Zola, c'est le cauchemar.

Que si nous passons du fond à la forme, le contraste entre Conscience et les auteurs nouveaux se retrouve. Chez l'écrivain flamand, le style n'est jamais tourmenté. On ne rencontre pas chez lui les mots étranges, les tours recherchés. Il n'a jamais été de ces virtuoses, plus artistes que poètes et plus artisans qu'artistes, qui répudient de leur vocabulaire l'*amour* parce qu'il a été chanté depuis la création, la *rose* parce qu'elle est trop connue et que son emploi est devenu banal dans la poésie, l'*âme*, le *cœur*, la *vie* et tant d'autres; comme si les périphrases, les synonymies tourmentées, les adaptations barbares de termes rococos ou argotiques détrônaient ces simples vocables éternels, immuables, comme les choses qu'ils désignent. Pour moi, tout en reconnaissant le mérite de ces raffinés, de ces lapidaires du verbe, en trouvant admissible leur culte pour la phrase ciselée, tournée dans le creuset avec une patience d'alchimiste, je déplore l'exagération de leur système. Au rebours de Pygmalion qui, après avoir taillé son marbre, croyait le compléter en l'animant, nos modernes stylistes immobilisent, refroidissent la Galathée qui se présentait d'abord vivante à leur enthousiasme.

Quoi qu'ils décrètent, je subirai longtemps, j'espère, la séduction d'une pensée belle exprimée naturellement et sincèrement. Lorsque j'entends un instrument, je ne m'informe pas du nombre de ses cordes, je ne me préoccupe que de l'effet qu'en tire le musicien. Comment ces fibres sont-elles pincées, l'artiste qui les touche a-t-il le don de les faire chanter ou pleurer comme une âme humaine? Voilà ce que je me demande. Je préfère le simple violon, le violon au mécanisme presque immuable qui n'a plus été perfectionné depuis les Amati et les Stradivarius, au multicorde piano, ou à ces moulins à musique, machines plus ingénieuses encore dont Genève et l'Allemagne nous inondent.

Le vocabulaire de Conscience, c'est un violon employé par Paganini ; offrez-le au râcleur, au ménétrier sans âme et sans génie, celui-ci trouvera décidément trop ingrat, trop rebelle cette caisse sans apparence et courra au prétentieux clavier, interprète d'une précision mathématique pour lequel l'habileté tient lieu de conviction. Les clapotements secs des 85 ou 90 touches d'ivoire étoufferont-ils les vibrations subtiles et infinies que recèle un nerf unique de *cello* galvanisé par une main inspirée?

Cette simplicité de la formule, combinée avec l'intensité de l'idée qu'elle exprime, fait l'éloquence des récits du conteur flamand. Elle explique la popularité de cet écrin délicat dans les coins géographiques les plus reculés, dans les milieux sociaux les moins littéraires. Il y a dans *Graziella* de Lamartine une scène bien vraie : celle où le poète lit à haute voix le chef-d'œuvre de Bernardin de Saint-Pierre à de simples pêcheurs de Procida. Rien n'est plus *nature* que l'émotion de ces ignorants provoquée par cette lecture. Ainsi, on a lu et on doit lire encore le *Conscrit* sous le toit le plus humble, et dans nos campagnes plus d'une Trientje essuie, à la veillée, ses yeux bleus, du coin de son tablier, en songeant que Jean son « bon ami » aura bientôt dix-neuf ans, et qu'il pourrait tomber au sort, qui sait? partir peut-être comme le héros du roman ouvert devant elle. Ailleurs, un fils d'ouvrier, en apprenant *ce qu'une mère peut souffrir*, adoucira pour parler à la sienne cette voix de bravache émancipé, d'adulte manœuvre à qui vient le premier poil au menton.

On a contesté aussi le don de l'imagination à Conscience. Les paroles du maître que j'ai citées plus haut, sa propre appréciation de son œuvre, sont la meilleure réponse à cette critique. Oui, il lui a fallu un génie inventif d'une grande complaisance pour lui permettre de varier, sans recourir à des éléments malsains, la trame d'une centaine de volumes, de romans et de contes. Comme ses personnages, comme son style, l'intrigue de ses récits est naturelle et ne sort jamais du domaine de la vraisemblance. Toutefois, lorsque le conteur aborde de parti pris le merveilleux et le fantastique, il y excelle; ses légendes flamandes, entre autres, son *Berger incendiaire* des *Mengelinge*, sa *Mâle Main* des *Veillées flamandes*, sont des modèles du genre, ayant en plus cette pointe d'émotion intime, cette caractéristique dont Conscience ne se départ jamais complètement et qui manque à Hoffmann, à Dumas et à Edgar Poë.

Les romans historiques tiennent aussi une large part dans l'œuvre du maître. Conscience se montre moins original dans cette partie de ses productions que dans ses récits populaires. Mais ils sont bien attachants, bien entraînants encore, ces volumes héroïques! Quel patriotisme, quels sentiments chevaleresques, quelles charmantes amours, que de péripéties captivantes, que d'épisodes touchants, que de dignes portraits flamands peints par un convaincu dans la manière délicate et sympathique de Van Dyck plutôt qu'avec la fougue coloriste d'un Frans Hals! — il y a dans cette collection des romans traversés de frissons épiques sans que l'histoire austère puisse s'en effaroucher!

Je me rappellerai toujours l'impression que produisait sur moi cette lecture, il y a de longues années. Mon cœur d'enfant battait avec violence au narré des exploits de Jan Breydel ; je n'avais assez de sollicitude et de dévouement pour le Sage homme de Gand, et d'horreur pour son assassin, le lâche Gérard Denys. Loin du pays natal, de mes plaines flamandes, en Suisse, où je faisais mes études, ces livres, les premiers que j'aie lus, m'étaient expédiés du cher là-bas, et m'apportaient au pied du Jura, sur le plateau qu'arrose l'Aar, les brises salines, le souffle âcre, humide, les rudes caresses du vieil Escaut, quelque chose des tendresses bourrues du loyal pays où résonnent les diphthongues gutturales : *el bel paese dove il JA suona!*

Cette première impression m'est toujours restée.

J'ai lu plus tard des choses plus étonnantes que ces beaux et honnêtes livres. La littérature française m'a initié depuis à mainte œuvre étrange et troublante, sonnant comme une sauvage fanfare d'appel aux sens. Ces savantes fantaisies, produits d'un art incontestable, m'ont captivé sans jamais pénétrer aussi avant dans mon être que les réconfortants récits de *notre* Conscience.

Et aujourd'hui que je relis les volumes types de la collection, l'énergie, le saint enthousiasme, la foi littéraire se raffermissent. Le géant Antée perdait ses forces lorsque son pied ne touchait plus la terre ; comme lui, ceux qui peinent et luttent pour l'art reprennent la vigueur en retournant aux sources de la nature. Ils ne risqueront pas alors de tomber dans la virtuosité creuse et friable, le procédé sans corps, sans assises. Or, l'œuvre de Conscience est comme une villégiature, un champ ouvert aux tempéraments désorientés par les trompe-l'œil et les sentiments factices.

Donc, soyez remercié, maître, conteur bienfaisant, si noblement humain, pour les généreuses émotions de jadis et d'aujourd'hui. Nous voyons en vous l'écrivain essentiellement flamand, l'interprète, le traducteur de notre vieux génie, robuste et honnête. Votre œuvre nous préservera d'un fol engouement pour l'étranger ; vos livres disent que nous avons notre raison d'être, et ils attestent plus éloquemment que les bornes géographiques l'existence d'une patrie belge. Ils affirment notre vitalité par l'amour fanatique — oui, fanatique — que nous portons à ses mœurs, à sa langue, à sa terre riche et féconde.

Honneur à toi, Conscience, et merci.

GEORGE EEKHOUD.

Bruxelles, le 26 août 1881.

APPENDICE

Voici le catalogue complet des ouvrages du maître, tel que Conscience l'a dressé lui-même à l'intention de M. George Eekhoud :

Het Wonderjaar (1837);
Phantazij (1837);
De Leeuw van Vlaanderen (1838);
Hoe men schilder wordt (1843);
Wat eene Moeder lijden kan (1843);
Siska van Roosemael (1844);
Geschiedenis van Belgie (1845);
Geschiedenis van graaf Hugo (1844);
Avondstonden (1846);
Bladzijden uit het Boek der Natuur (1846);
Lambrecht Hensmans (1847);
Jacob van Artevelde (1849);
De Loteling (1850);
Baas Gansendonck, (1850);
Houten Clara (1850);
Blinde Rosa (1850);
Rikketikketak (1851);
De Arme Edelman (1851);
De Gierigaard (1852);
De Grootmoeder (1853);
De Boerenkrijg (1853);
Lodwig en Clothildis (1854);
De Plaag der dorpen (1855);
Het Geluk van rijk te zijn (1855);
Moeder Job (1856);
Jubelfeesten (1856);
De Geldduivel (1856);
Batavia (1858);
Redevoeringen (1858);
Mengelingen (1858);
De Omwenteling van 1830 (1858);
Simon Turchi (1859);
De Kwaal des tijds (1859);
De Jonge Doctor (1860);
Het ijzeren graf (1860);
Bella Stock (1861);
De Burgers van Darlingen (1861);
Het Goudland (1862);
Moederliefde (1862);
De Koopman van Antwerpen (1863)
Eene Uitvinding des duivels (1864)
Menschenbloed (1864);
De Ziekte der verbeelding (1865);

FIN

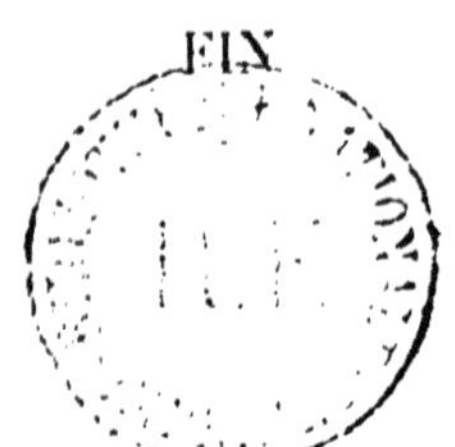

www.ingramcontent.com/pod-product-compliance
Ingram Content Group UK Ltd.
Pitfield, Milton Keynes, MK11 3LW, UK
UKHW021547260726
13993UKWH00002B/680

9 782329 561257